麒麟传媒·尚書房 出品
www.qlpress.cn

生活·认知·成长
青春励志故事

生活·认知·成长
青春励志故事

最后一个魔术的秘密

创意卷

杨晓敏◎主编

地震出版社

图书在版编目（CIP）数据

最后一个魔术的秘密：创意卷／杨晓敏主编. —北京：地震出版社，2012.2
（生活·认知·成长青春励志故事）
SBN 978-7-5028-4009-9

Ⅰ. ①最…　Ⅱ. ①杨…　Ⅲ. ①短篇小说—小说集—中国—当代
Ⅳ. ①I247.7

中国版本图书馆 CIP 数据核字（2012）第 021825 号

地震版　XM2611

最后一个魔术的秘密——创意卷

主　　编：杨晓敏
执行主编：马国兴　王彦艳
责任编辑：赵月华
责任校对：孔景宽　凌　樱

出版发行：地震出版社

北京民族学院南路 9 号　邮编：100081
发行部：68423031　68467993　传真：88421706
门市部：68467991　传真：68467991
总编室：68462709　68721982　传真：68455221
E-mail：seis@mailbox.rol.cn.net
http：//www.dzpress.com.cn

经销：全国各地新华书店
印刷：北京振兴源印务有限公司

版（印）次：2012 年 4 月第一版　2012 年 4 月第一次印刷
开本：710×1000　1/16
字数：200 千字
印张：15
书号：ISBN 978-7-5028-4009-9/I（4684）
定价：26.00 元

序

杨晓敏

好书是具有生命力的。一本好书，我们拿在手上，揣在兜里，或者放在枕边，会感觉到它和我们的心一起跳动。在日常的学习生活中，我们每天都在用最经济的时间、精力和财力，收获着超值的知识、学问和智慧，于是我们自己，就在一天天地充实厚重起来。

优秀的短篇小说，就是这样的好书。它是顺应现代人繁忙生活而发展成的一种篇幅短小的小说。跟一般小说一样重视场景、个人形象、人物心理、叙事节奏。优秀的作者可写出转折虽少却意境深远，或转折虽多却清新动人的作品。

现在，许多优秀的作者舒展超感的心灵触觉，用生花的妙笔，把小小说从文学神坛上牵引下来，在我们广大读者面前，展现出一幅幅五颜六色的生活画卷，或曲折离奇，或险象环生，或嬉笑怒骂，或幽默诙谐。于是，阅读一本小小说，就成了繁忙生活的轻松点缀，紧张学习的有效调剂，抹平了你我微皱的眉头，漾起了会心一笑的嘴角。

我们精心编选的这套“生活·认知·成长青春励志故事”小小说丛书，每一辑都包含了“悟性”“创意”“想象”“品味”“风尚”“情愫”六卷，并围绕这六个主题，选取当代国内知名作家的精品力作，各自汇编成书，具有强劲的文学感染力。篇篇都耐人寻味，本本都精挑细选，既是青少年认识社会的窗口、丰富阅历的捷径，又堪称写作素材的宝典。作品遴选在注重情节奇巧跌宕，阅读效果峰回路转、柳暗花明的同时，注重价值取向，旨在引导青少年全面、客观地认识社会，开阔视野和胸怀，提高综合素质，进而确立正确的人生观、价值观。

在这套书里，我们推荐给青少年读者的是充满活力的大众文化形态的小小说佳品荟萃。所选择的作品，尽量体现质朴单纯，而质朴不是粗硬，单纯不是单薄；体现简洁明朗，而简洁不是简单，明朗不是直白。它们是理性思维与艺术趣味的有机融合，是人类智慧结晶的灵光闪烁，是春风化雨滋润心灵的真情倾诉，是鲜活知识枝头的摇曳多姿，是青少年读者嗅得着的缕缕墨香。

知识没有界线，可以人类共享，只要是具有优良质地的文化产品，都能互补、渗透、影响和给人以启迪。任何一粒精壮的知识种子，播撒在人们的心灵深处，都会开出艳丽的花朵，结成高尚的果实。

青年出版家尚振山先生以极大的热情，独到的眼光，精心策划了这一套“生活·认知·成长青春励志故事”丛书，我和同仁马国兴先生、王彦艳女士应邀参与编纂，当然也愿意大力推荐给广大青少年朋友们。

2012 年春

最后一个魔术的秘密 contents

目录

滑一刀

○刘建超

“滑一刀”是酒城有名的外科大夫，“滑一刀”的大名叫滑儿。

滑儿出身贫寒，儿时家境极差。父母辛苦工作，勉强维持个不饿肚子。母亲操劳过度，在滑儿五岁的时候，得了重症。因无钱医治，只得在家硬挺着。母亲临终前，捧着滑儿的小手，放在嘴边轻轻地亲着，说：“孩子，长大了当医生，给老百姓治病。”又对滑儿的父亲说：“再苦再难，也要供滑儿上学读书。”父亲外出打工，把滑儿托付给堂兄。父亲愿意做最苦最累最脏的活儿，只要工钱给得高。

滑儿上学后，聪颖勤奋，成绩一直在学校里拔尖儿。考大学时，滑儿的成绩可以上最好的学校，可他却填报了一所医学院。他忘不了母亲临终前那期待的眼神，他也知道，如果当年家里有钱，母亲是可以去医院做手术的。

滑儿大学毕业，成绩优异，保送做了全国著名医学教授魏征的研究生。毕业后，滑儿放弃了考博和留在京城任教的机会，申请回到了阔别多年的酒城。

滑儿被分配在酒城医院。虽然滑儿是院里唯一的硕士生，但在论资排辈的医院里，滑儿只被分配去做些割阑尾、切包皮之类的杂耍手术。滑儿对什么样的小手术都极端认真负责，对患者温暖有加，从不接受病人的吃请和红包。

滑儿参加工作第二年，出了一个事。当时省里的一位副省长到酒城农村视察工作，结果在崎岖的小路上发生了车祸，人被送到酒城医院时已昏迷不醒。病情危急，加之伤者的特殊身份，医院没人敢做主处置。院长只得向市急救中心求援，可无论是把病人送去还是等专家来，都有近两个小时的路程。滑儿是当班医生，查了病人的情况后果断地说必须立即手术，否则半小时后就来不及了。看到周围疑虑的眼光，滑儿自信地说，手术我来做，一切后果我来负责。

结果滑儿的手术做得很成功，从市里赶到的专家都啧啧称奇。病人也很快康复，临行前拉着滑儿的手说："我看你就是名副其实的滑一刀啊!""滑一刀"的名号很快传遍了酒城的沟沟坎坎。

酒城有了"滑一刀"，来找"滑一刀"看病的人越来越多。再重再难的病，只要让"滑一刀"划上一刀就能刀到病除，即使"滑一刀"划过一刀没能留住患者，患者家属也都无怨无悔，"滑一刀"每一天都被手术挤得满满当当。有几次市里省里要调"滑一刀"，酒城人都排起长队阻拦，患者当街跪倒一片，声泪俱下。"滑一刀"也就留下了。"滑一刀"的手术越做越多，越做名声越大，传说也越来越神奇，就连省城的和外省的病人也慕名而至。

"滑一刀"的导师魏征专程到酒城来调研。魏征教授调阅了大量的病历，越看眉头锁得越深。傍晚，已经是副院长的"滑一刀"陪着导师在河边散步，看着沉默不语的导师，"滑一刀"说："我知道老师不愉快的原因，有些手术是不需要做的，采取保守治疗的方案也会达到相同的目的。"魏征看了"滑一刀"一眼，缓缓地说："你只顾自己痛快地划一刀，可这一刀带给一些患者原本不必要的痛苦和负担，你就心安理得?""滑一刀"叹了口气，说："老师，我何尝不知道这个道理，可我手中刀子的名气已经远远大于科学的道理了。"

第二天，魏征和"滑一刀"一起查房，对一位从外省来的病人家属详细说明了病情和治疗建议，说做手术意义不大，采取保守治疗更妥当些。没想到病人家属齐刷刷跪在“滑一刀”跟前，痛哭哀求，只要“滑一刀”给做了手术，什么后果他们都认了，不然就跪着不起来。魏征看着这场面，无奈地摇摇头。

没过几年，“滑一刀”的父亲患了顽疾。“滑一刀”向父亲说明了病情，建议采取保守疗法。父亲说：“滑儿，爹知道你说得在理。只是，你要是不给爹划上一刀，你就会背上不忠不孝的名声。爹不怕死，爹怕毁了你一世的名声啊。就算做做样子，你也得给爹划上一刀啊。”“滑一刀”给父亲做手术时，手竟第一次发抖，虽然只是拉开一刀就又缝合上了。

“滑一刀”处理完父亲的后事，递交了辞职报告。没人知道他去了哪里，酒城留下的只有他手术刀的传奇故事。

从乐园飞往乐园

○蔡　楠

我是鸟。也许我是白鹤灰鹤丹顶鹤，也许我是白鹳黑鹳白天鹅，也许我是夜莺大鸨秋沙鸭。我是鸟。也许是雄鸟，也许是雌鸟。也许是一只鸟，也许是一群鸟。我觉得这并不重要，重要的是我是候鸟，我离不开飞翔。

我们选择了南大港湿地作为漫漫长途的驿站。我们逐水草而来，我们循春风而来，我们在这里留下翩飞的俪影，我们在这里洒落嘹亮的鸣唱，我们在这里培植爱情、繁衍后代。我们因湿地而精灵，湿地因我们而著名。

然而，鸟与自然与人类并不是一惯和谐的。狂风骤雨、冰雹霜雪等自然灾害有时会造成鸟类的自然死亡，但这还不是主要威胁，我们最大的敌人一度却是万物之灵——人类。我们是鸟，有的人喜爱，有的人呵护，也有的人以猎杀猎捕我们为乐。曾经有一些时候，猎网、猎枪、猎夹、陷阱布成地网天罗，处处窥视、觊觎着我们，令我们防不胜防。我目睹过我的同类成为笼中、网中的猎物，成为枪下的幽魂，成为鸟类交易市场上的商品，成为人类酒宴上的牺牲……这幕幕惨剧曾让我一度视湿地为牢狱，为灾难之地。在我两岁的时候，我也被双管猎枪击中翅膀，就在那条古老的贝壳堤上，我的血染红了身下的蒲草……

是一个放风筝的漂亮女孩把我救了。她把我抱回家中，请做医生的父亲为我治好了伤口，又把我送到当地政府修建的公园里。这个孩子爱鸟护鸟的故事很快就传开了，还上了当地的晚报。

就在放飞我重归蓝天的仪式过后不久，当地政府成立了湿地和鸟类自然保护区，爱护湿地保护野生动物被提到了重要议事日程。这里取缔了鸟类交易市场，收缴了猎枪，发现捕杀鸟类的行为课以重罚，国家还投资700万元购买黄河水注入湿地，并建立了绿色保护林带，清理湿地周边的污染源。湿地重新成为鸟类的乐园。

后来的消息更令我们鸟类振奋。国际社会缔结了《湿地公约》，有了世界湿地日，有了世界爱鸟日。南大港湿地也先后被定为省级自然保护区、国家级自然保护区。鸟是不分国界的。我们是大自然的重要成员，是农林牧业的卫士，是人类的朋友，保护我们就是保护人类的家园，就是保护人类自己啊！看来，一场全球性的保护湿地保护鸟类的工程已经开始了。我们能够更好地飞翔了，我们能够更快乐地飞翔了，我们能够为净化世界环境而幸福地飞翔了。我们还有什么可忧虑的呢？

就在又一个世界爱鸟日到来的时候，我再一次飞到了南大港湿地。此时我已经进入了壮年时期，我成了一支候鸟队伍的头鸟。我的身后飞着我的家族，我的子孙们。我们停留在湿地那块6182公顷的核心区域，我们栖息在一个护鸟老人的房子上，房子正面写着两个大字：爱鸟。背面也写着两个大字：爱鸟。此时春风浩荡，阳光媚艳，芦苇碧绿，勃发着抑制不住的澎湃生机。我向我家族的每个成员讲述着这块湿地的历史，讲述着人们爱鸟的美丽故事，讲述着候鸟们迁徙的艰辛和飞翔的乐趣，也讲述着湿地逐渐成为鸟类乐园的变化进程，我甚至用歇了一冬的嗓子吟唱了一句古诗：候鸟枝头亦朋友，芦苇水面皆文章……

我的鸣唱赢得了大家的合唱。那是我们自由的鸣唱，那是我们由衷的赞歌，那是从乐园里才能发出的独有的旋律。一时鹳歌鹤舞，景象万千。

之后，我双腿竖起，迎风舒展开健美丰硕的羽翼，开始了新一轮的飞翔。我家族的每一个成员也都紧随其后，飞离了湿地，飞向了蓝天。

就这样，一只鸟，或者一群鸟，从乐园出发，又向乐园飞去。

金莲花

○陈　毓

御道口镇是木兰围场边上的一个镇子。木兰围场四周的地名多叫“御”什么。让你猜不出是当初皇上招呼大伙这样叫的，还是后来附贴上去的符号。

说是镇子，其实只有十几家小店铺，从镇东头走到镇西头，用刚刚吃饱了饭散步的速度也就是八分钟，再慢慢走回来，还是八分钟。

鲍江月是镇东头上一家开旅馆的女老板的女儿，旅行社订了她家的房子。我们的车刚停稳，就见一妇人跑出来，站在车子扬起的尘土里，等看见车上跳下熟悉的导游，就朝屋子里喊：赶快开门，客人到了。

就有一个女孩子跑过来看，探了一下头，又往回跑，回头就听见一串钥匙响，很快地响到楼上去，乒乒乓乓，一溜儿门都打开了。女孩子再出现在楼下，踮着脚尖给放满一桌的一次性杯子里倒茶。每个茶杯里都放一朵花，滚水一冲，花就开在杯子中间，活生生地鲜艳着。她说是金莲花，清热去火的，很适合夏天喝。

有看见楼房后面蒙古包的客人说想住到蒙古包里，有不耐烦楼上卫生间等候的，小女孩都很殷勤地帮着换房间、带路，忙进忙出，很是兴奋。

在她忙碌的间歇，我抓住她的胳膊，问她是不是九岁了。她表情很吃惊，睁大了俩细眼睛看我，问答说，上一学期是六年级。我就摸一下她脑后冲天的羊角辫，说，那你叫什么名字？鲍江月！说完就用右手食指在左手心上画，给我三个字的具体写法。

草原上风硬，人的皮肤黑，鲍江月就有着草原硬风吹拂出的有釉光的黑皮肤，低额，宽脸，俩眼距离很开，像是蒙古族血统。问她是不是蒙古族，她说父亲是蒙古族，母亲是汉族，她从前跟母亲的汉族，过了这个暑假就跟父亲，是蒙古族。

再问为什么？她说是父亲的意思，因为过了这个暑假她要到城里念书，那里没有草原。一个在草原时是汉族等离开草原却要在民族那一栏里填写蒙古族的人家。我想他们有他们的逻辑，就没有再“为什么”、“为什么”地问下去。

除了一楼辟出的餐厅和厨房，鲍江月家有二十间客房，还有楼后的七个蒙古包。我看见蒙古包空着时，就想换到蒙古包里住。鲍江月说，潮，不好住。不让去。她拽一拽我的手臂，悄声对我说，二楼还有一间屋子，带阳台的，靠近她的房间，在拐角，能看见草原，早上要是醒得早，站在阳台上就能看见日出。她让我悄悄去跟她的母亲要。

吃过晚饭星星就出来了，鲍江月家的小饭馆里有电视机，但好像没有人待在房间里看电视。下午来的路上姓马的导游问晚上有没有愿意吃烤羊的，如果愿意的超过了十个人，她可以联系烤一只全羊，这样平均到每个人就比单烤一只羊腿实惠。还可以燃篝火，放烟花，篝火的劈柴和烟花是免费的。

寂静的草原夜，响起的不是马头琴伴奏下如水的长调，是炮仗的声音。如果你看见烟花在星星边升起，那就是有一个团在烤全羊了。

烟花升起在鲍江月家的前院，烟花升起在鲍江月家的后院，烟花升起在鲍江月家的侧院……站在鲍江月家的二楼阳台上，不用去数，只要从烟花升起的次数就清楚这一夜鲍江月家杀了几只羊。

正是夏深秋浅的旅游旺季，草原上草肥羊美人欢实呢。

现在是七月中旬的深夜，鲍江月站在庆祝烤全羊的人圈儿里，冲天的羊角辫被火光剪影成一座小小的塔，火光爱抚着她上了釉似的皮肤，在她浑实的手臂和小腿上舞蹈。她站在跳跃的火光中，显得比白天安静。

熬夜不要紧，反正现在是假期，明天可以晚起。

到九月，鲍江月就是中学生了。她要去离家四十公里的廊坊上学。新学年她住在舅母家里。往后呢？也许她要住在学校的集体宿舍里。

鲍江月说这些话的时候会很专注地看你，细细的眼睛望定你，让你觉得她的神情很像是一只突然跑上道路跟人不期而遇的松鼠的神情。

放假的时候她会回到草原来，看得出她很愿意忙，忙碌的时候家里会有很好的收入。草原上的旅游季节性很强，过了这一阵就得等到明年了。她真心为家里的生意帮忙，她喜欢看见远处的人来。她喜欢夏天，夏天人多，而冬天，镇子上总是那么些人。走过来走过去，一张张再熟悉不过的脸，看得日子都沉闷漫长了。

现在很好，在七月中旬的草原夜，鲍江月站在一群穿戴得花样百出、既熟悉又陌生的人群里，等待一只全羊被慢慢烤熟。她依旧穿着正午时分穿的那条太阳裙，暴露着她浑实的手臂和小腿。太阳裙的底子是白色的，上面开满了金色的金莲花。

飘飞的汇款单

○邢庆杰

杨树屯是个穷村。穷村的特点就是光棍儿多，光棍儿们没事就聚在村委会的门口晒日头儿、扯闲篇儿，一聚就是十几、二十几个，这已经成为本村的一大景观。

越是光棍儿多的村庄，就越难找到媳妇儿。这除了因为村穷光棍儿多姑娘们不敢垂青外，还有一个非常重要的原因：那就是“破头血”的特别多。“破头血”是鲁西北一带的方言，意思是把别人的好事搅黄。“破头血”的人，多为光棍儿的父母，如果别人家的光棍儿都娶上了媳妇儿，那自己的孩子就更孤单了，越发显得自己窝囊无能。因此，就使出吃奶的能耐来从中搅和。这样一来，村里的小伙子只要过了二十三四岁，被打入“光棍儿”的行列后，就很难再有娶上媳妇儿的可能了。

村西头的四顺子有三个儿子，老大已经二十六岁了，还打着光棍儿。而且如果老大打了光棍儿，老二、老三的媳妇儿更是炮仗扔到水里——想（响）也别想。村里还有和四顺子不相上下的老哥儿仨，五十岁上下了，至今还都“光”着呢。因此，四顺子的三个儿子打光棍儿基本上是铁板钉钉的事了。

不久，四顺子的大儿子进了城，说是跟他姑夫学做生意去了。那年月还没有出门打工这种事，能进城就很令人羡慕。更令人意想不到的是，一个阳光明媚的上午，乡邮局的投递员骑着绿色的自行车飘然而至，问晒日头儿的人们，杨四顺在不在？四顺子便大声地喊，在呢，在呢。投递员一边从文件夹子里取出一张绿色的汇款单，一边说，有汇款，回家拿手戳。四顺子便屁颠儿屁颠儿地跑着回家取手戳了。人们便都围上去看那张汇款单，一看，便咋舌：好家伙！三百块哪！顶一个乡干部三个月的工资哪！一看汇款人的名字，竟然是杨四顺的大儿子！人们便赞叹：哎哟，人家的孩子怎么这么出息呀！

自此，每到月末这几天，投递员便翩然而来，来了就喊，杨四顺，拿手戳！自从第一次接到汇款，四顺子干脆把手戳用一根麻绳穿了，系在了裤腰带上。他总是边从裤腰带上解手戳边对周围的人说，这样方便，省得老回家去拿。好像他们家天天来汇款。

四顺子的大儿子出名了，成了周围无人不知的大能人。不用说，提亲的踏破了门槛。

但四顺子并不张扬，有媒人来，他就笑，就说，俺家可什么也没有，穷着哪！媒人也笑，人家不论穷富，就图一个人。

提亲的太多了，这四顺子一家竟挑花了眼，不知订哪家好了。后来，邻村有一家托媒人捎来了话：只要亲戚能成，可以不要彩礼。四顺子一听，这才到城里把大儿子叫了回来。大儿子人长得帅气，又穿着和乡下人不一样的西服，就更显得鹤立鸡群。女方看了一百个满意，像怕女婿跑了似的，前脚订了亲，后脚就催娶。于是，不到一个月，新媳妇儿便进了门。

大儿子娶上了媳妇儿，主要任务是延续后代了。大儿子便把城里的生意交给了老二，一心一意在家里一边侍弄庄稼一边侍弄媳妇儿。

老二到城里后，不负众望，每月仍有绿色的汇款单飘然而来。

提亲的人再次踏破了四顺子家的门槛。四顺子仍哭穷，仍然咧着嘴说，俺家里可什么也没有呀！媒人就笑，人家还不是图你家的小子能干吗？人家不要彩礼……

不出两年，四顺子的三个儿子都娶上了如花似玉的媳妇儿，忌妒得一村人眼红。四顺子的儿子不再去城里做生意了，说是城里的生意不好做了。四顺子就带着一帮儿子、儿媳搞养殖，养鸡、养鸭、养猪，日子眼看着就红火了起来。不出五年，四顺子给三个儿子每人盖了一座红砖到顶的新房子，三处新房子在全村土坯房衬托下更是鹤立鸡群。

四顺子日子过好了，就染上了饮酒的嗜好，整天满脸红光。在一次酒后，四顺子说出了心里埋藏了很久的秘密。四顺子说，城里的钱哪那么好挣呀，那都是孩子他姑夫的钱，汇过来，我再给他汇回去。下个月，再汇过来。就这么捣腾捣腾，儿媳妇就自动上门了……这有了人气，还愁日子不好过吗？

村人才恍然大悟，都骂四顺子是一只狡猾的老狐狸，是大骗子。但骂过了，又一琢磨，人家的日子确实过到了全村人的前头，还得说人家有本事呀！

各行其道

○孙春平

教师节前，学校给每位老师发了一张代金券，说是可以去品牌店选购一件衬衣。人有高矮胖瘦，自己去选，各得其所。秦老师看了券，没有截止日期，那就以后随便哪天去选，时已入秋，不急着穿那件衬衣了。

国庆节后的一天，秦老师去了那家品牌店。售货员接券看过，说对不起，过期了。秦老师吃惊，问哪儿写了期限？售货员指点说，这一行手写：签发日期：9 月 9 日至 9 月 19 日。已经过期十多天了。秦老师赔笑说，衬衣不怕变质，你帮我选一件就是了。售货员坚决地摇头，说经理有话，过期的概不兑付。秦老师说，那就把经理请出来吧。

经理很快就来了，女士，三十多岁，来了脸就绷着，问，售货员没说明白吗？秦老师心里不悦，便也冷冷作答，这券上哪里注明了有效期限？经理说，这签发日期是什么？秦老师说，签发日期不能代表有效期限，比如胡锦涛签署国家主席令，你总不能说他签署的当日，那道命令就作废了吧？经理瞪了眼睛，说你什么意思？秦老师说，我不过打个比方，省长令市长令也一样，天无二日，大道归一。

对话到了这个份上，经理便把冷漠增加了力度，手掌“啪”的一声拍在柜台上：你少给我装文化人！但凡是个人，也知道这纸片上写的是什么！

秦老师立刻反击：但凡是个人，也不会这么写！

你怎么骂人？经理一双杏眼瞪圆了。

是你不逊在先，我不过还以尔道！

经理转身就走：那你就“道”吧！咋“道”，这张券也是一张废纸！

秦老师抓券在手，也吼：我不信天下没有说理的地方！

出了品牌店，秦老师的手还抖着，车钥匙好一阵才插进锁眼。待冷静一些，他就想起了消费者协会。这世界，总不能没了起码的公平！

消协设在工商局大楼里，拐弯抹角找了好一阵。屋子不大，却围了好多人，眼见心里都有怨愤。好不容易轮到秦老师，工作人员接券看了，微微摇头，口气却温和，说老同志，气大伤身，健康要紧，您就别追究什么字眼了吧。这券上注明的意思还是明确的。至于她们的态度，我们一定严肃批评。

秦老师无奈了：消协是为消费者撑腰的地方，人家都说你没理，还计较什么呢。他讪讪地走出办公室，没想身后却跟出一位青年人，小声说：大叔，能把券给我看看吗？

青年人把那张券看得极仔细，又问：大叔贵姓？还没退休吧？

什么意思？秦老师心生疑惑。

也许，这事我能帮您解决呢。

我姓秦，是市二高中的老师，教语文。

哟，秦老师，失敬失敬。这样吧，那家店，我有熟人，您把券给我，我按券如数付您现金，可以吧？

此后的日子，秦老师没把这事说给任何人，包括老伴儿。这事传扬开去，除了让人责怪你一声拖沓和窝囊外，还能证明什么呢？

没想，深秋的一天，品牌店的女经理突然来到学校，满脸堆笑，手里还提着一个极精致的衬衣包装盒，虽是同一品牌，档次却大不相同。经理说，实在对不起，上次我的态度不好，今天专程来表歉意。秦老师很淡漠地说，有这态度就行了，东西请带回。我还有课，恕不奉陪。经理只好走了，却把衬衣留在了教导室。隔一日，消协的那位工作人员也来了，手里提着西湖龙井茶，说上次的问题我们处理得有失草率，特来接受批评。此公不比女经理，上次就温和，此番更是春光洋溢，秦老师就不好绷着脸了，也只好接受了人家塞到怀里的礼物。

秦老师心里奇怪，三九花开，这是怎么了？数日后，报纸发出一条消息，才让他疑云顿释。消息说，某有识之士为消费者讨公道，已将某品牌店告上法庭。起诉者认为，品牌店在代金卡上以签发日期冒充终止时限，有故意误导消费者以侵吞暴利之嫌。起诉者还将市消协一并列入被告，认为这是官商勾结互分渔利的典型案例。

那件高档衬衣和龙井茶叶早就让老师们心生奇怪了，见了报纸，似都大悟，纷纷议论，说到底是教语文的，一字一词，都知玄妙，真是赚大啦！只是秦老师做得有些小气，早见商机，为什么不让大家一起分享那道鲜羹啊？

那些日子，秦老师突然变成了祥林嫂，见人就说，我没想到，真没想到……

故　事

○周　波

儿子要去城里读大学了。

离家时儿子扶着年迈的母亲说：娘，我会想你的。

娘抹着泪连声说：好好念书，好好念书。

儿子到了城里后，经常打来长途电话。

可娘总是说：少想娘，好好念书，再说电话费也贵。

儿子后来真的没再打来电话。

儿子终于安心读书了，娘很欣慰。然而时间长了，娘就老想着儿子。娘于是每天守在家里的电话机旁，总希望铃声能响起来，当然娘没能再听到儿子的声音。

那天中午，有人来敲门。开始娘还以为是邻居的小孩子在玩耍，打开门一瞧，却是一名邮递员站在门口。邮递员说是大学里来的信，让娘收一下，娘激动地倚在门口有点手足无措。

这孩子是不是把娘给忘了，现在才来信。娘笑着责怪儿子。

送走邮递员后，娘赶忙走入房中找老花镜，娘想好好地看看儿子在信中写了些什么。

娘乐呵呵地用剪刀仔细地剪开了信封。娘，您好！儿子在信中第一句就向母亲问好。

儿子好！娘嘴里喃喃自语着，眼睛却是一片潮湿。儿子的信有两三页，可娘拿在手中感觉沉甸甸的。这孩子，写什么呢？娘边说边像给儿子小时候卷棉花糖似的卷着信看。可娘没再卷下去，只看了信的头一行就不看了。娘把信重放入信封里，轻轻地塞到枕头底下。

那晚，娘睡得很香。

第二天一早，她又把那封信取了出来。

“我在学校很好，勿念。同桌的是位女孩子，对我很好。”儿子在信的第二行这样写道。

那女孩子是谁？儿子怎么一上来就说女孩子的事呢？娘显得一脸的忧愁。可娘仍然没看下去，像前一天一样，只看了一行，便把信塞到了枕头下面。

那天晚上，娘一直没睡好。

娘总想着那女孩子，娘一会儿觉得那小姑娘的脸特别可憎，一会儿又觉得自己错怪小姑娘了，向来本分的儿子应该不会出啥事吧。娘提心吊胆地过了一个晚上，终于挨到了天亮。

可一早起来娘打开信卷到第三行时，娘的心更急了，儿子在信上说那姑娘叫小芳，是和自己一个省考过去的。其他的娘还不能知道，因为写到那里时转行了。

这小子，和娘玩游戏呢。娘皱着眉一脸无奈地把信塞到枕头底下。娘知道小芳的事大概是在一个星期之后，真如娘想的，儿子不会有事，那女孩子只是个普通的同学罢了。

娘足足把那封信看了几个月，娘发现这样看信特有趣味，娘还觉得儿子每天都像在身边一样，儿子每天给她讲一个没有谜底的故事。

那天，门外又响起了敲门声。娘打开门时，看见邮递员又送来一封信。

谢谢你送来这么多的故事。娘对邮递员说。什么故事？邮递员惊诧地望着娘。娘哈哈地笑了起来。

娘读第二封信时很快，两天就把信看完了。因为儿子在第二行中这样写着：娘，收到信时，您的生日快到了。

娘早就把自己的生日给忘了，儿子这一提醒，娘就跑去翻日历，一翻，这天正是娘的生日。

娘的眼泪刷刷地流了下来，娘不想一行一行地看信了。娘想，今天要痛痛快快地把信看完——多好的礼物啊!!

我想和小芳结婚，娘您同意吗？儿子在信尾写道。

这孩子，看来还是学坏了。娘无奈地骂着儿子。

先来二十克

〇王小峰

去沈阳采访，电话联系一个老板。

老板："你采访收钱吗？"

我："不收钱。"

老板："记者采访哪有不收钱的？"

我："真不收钱。"

老板："那你肯定是冒牌记者。"

我："我的确不收钱。"

老板："有好多记者开始也说不收钱，采访完就暗示我给钱。"

我："我可以保证。"

老板："你们这种花招我见得多了。"

我："我是从北京来的，大老远就想采访您。"

老板："就是北京来的记者才收钱最多，我还得帮他们报差旅费。"

我："您能相信我一回吗？"

老板："我被记者收钱收得都快扛不住了。算了，不接受你采访了。"

我："如果我收钱，您可以打 110 把我抓走。"

老板："……那我考虑一下。"

见到老板，客气几句。突然，他说："你真不收钱？"我说："真不收钱。"

老板：“那……那我现在开始接受你采访吧。”

我：“那我们开始吧。”

采访完毕。

老板（暗示）：“你看现在你还有什么想说的？”

我：“没什么了，谢谢您接受我的采访。”

老板：“我从来没遇到过不要钱的记者，你是哪个单位的？”

我：“这跟我在哪个单位没关系。”

老板：“你真不要钱？”

我：“我说过好几遍了，不要。”

老板（勃然大怒）：“我知道了，你想写负面报道！”

我：“那您的意思是……”

老板：“我明白。这样，我给你点钱，你就写成正面的了。”

我：“我没想写成负面报道。”

老板：“笔在你手里，我哪儿知道。”

我：“您是被蛇咬怕了吧？”

出门，与老板道别。

走出二十米，后面有人追过来。

经理：“老板说送你两条烟。”

我：“不用客气，我不要。”

经理：“一点意思，请收下。”

我：“我不抽烤烟。”

经理：“那你抽什么，我去换。”

我：“白面。”

经理：“富强粉行吗？”

我：“行，先来二十克。”

羊的行为艺术

〇秦德龙

自打出现了三聚氰胺毒奶粉事件后，爷爷我就决计从乡下引进一只奶羊了。爷爷我这么做，完全是为了孙子着想。虽然孙子尚未出世，可爷爷我必须提前做好准备呀，总不能等着孙子饿得嗷嗷哭而束手无策吧？因此，爷爷我喂一只奶羊，可以说是富有前瞻性的。

可是，爷爷我刚把奶羊从乡下弄来，麻烦就来了。社区工作人员找到我，劈头就问："办证了吗？不知道城里不许随便养宠物吗？"

"你们说的宠物，是指狗吧？看清楚了再说，我养的是一只羊！"

羊怎么能当宠物养呢？

爷爷我懒得和他们说什么了，叫办证就办证吧，只要孙子有奶吃，我爱孙子没商量。可是，联想到猫作为宠物，也没办证，爷爷我就说了："我养羊，是为了搞行为艺术。行为艺术，你们懂吗？"

社区工作人员说："你搞什么行为艺术，我们不懂。可是，你拿艺术说事，就是强词夺理了。"

爷爷我耸耸肩，笑道："我不和你们争，我让你们看道具。"说着，爷爷我拿出来蕾丝乳罩，给奶羊戴上了，又给奶羊的脖子上围了纱巾，还给奶羊的蹄子套上了袖珍的小皮靴。说实话，做这些事，都是跟狗学的。君不见，大街上的狗，穿马夹、挂屎兜，气质很雅的。

社区工作人员满脸狐疑地望着我，无话可说了。

爷爷我心里暗笑。他们哪里知道，爷爷我是挂羊头卖狗肉呢。

让孙子喝上新鲜的羊奶，这并非爷爷我的发明。古往今来，给婴儿喂新鲜羊奶，是很正常很美妙的一件事。爷爷我的爷爷，就这么做过。记得俺小的时候，奶水不够吃，又没钱买奶粉，爷爷我的爷爷就养了一只奶羊，专门给俺挤奶喝。新鲜的羊奶，白白嫩嫩，温温暖暖，充满了温馨和慈爱。每次喝完羊奶，俺都要吧嗒吧嗒小嘴，向敬爱的爷爷致敬。现在，俺就要做爷爷了，当然也会这么做的。爷爷我不是吹的，为了弄到一只上好的奶羊，爷爷我曾和涮锅店的老板协商过，希望他给帮忙，弄一只新疆的奶羊过来。爷爷我为什么要弄新疆的奶羊？因为爷爷我去过新疆，知道新疆的羊好，而新疆的羊好，是因为新疆的草质好。新疆的草，干净无污染，且多为中草药。羊吃了这样的草，绝对健康，羊健康了，奶水就会优良。可老板说，新疆太远了，弄不来。弄不来就弄不来吧，爷爷我只有从乡下弄一只了。

为了确保乡下的奶羊身体好而奶水好，爷爷我抱上奶羊，去了宠物医院。爷爷我向医生说明，这是一只搞艺术的羊，请为这只羊体检，并接种防治传染病的疫苗。

“哦，搞艺术的羊啊。什么艺术？会唱歌吗？会跳舞吗？会说相声吗？会演小品吗？”医生问。

“你说的这些，它都不会。它只会行为艺术。行为艺术，知道吗？”

“知道，我当然知道！随便做个小动作，就是行为艺术哦。好了，请为它解开乳罩，拿下纱巾，脱掉皮靴，让我给它做个全面检查。当然，重点是乳房。咂咂，瞧，羊毛多么白呀，乳房多么丰满啊！”

爷爷我忍不住剜了医生一眼。这家伙，真流氓啊。若是给女人看病，不定安什么坏心呢。不过，为了给奶羊检查身体，注射疫苗，爷爷我还是忍了。不说，爷爷我啥都不说。

从宠物医院回来后，爷爷我开始了美丽的畅想。爷爷我相信，不久的将来，孙子一出世，就能喝上新鲜可口的羊奶了，再也不怕三聚氰胺毁坏肾脏了。不过，爷爷我忽视了一个重要的问题：没有公羊来配种，奶羊是不会怀孕的，不怀孕，就无奶水可言了。

当爷爷我为这个棘手的问题而焦虑时，奇迹出现了。一位邻居，牵来了一只公羊。一进门，他就说："老秦啊，我把宝贝交给您了，就让我的宝贝和您的宝贝产生爱情吧！但要记住，将来，您的宝贝产奶了，咱们要利益均沾啊！"

爷爷我连声答应着，喜不自禁。这回好了，公羊、奶羊都有了，就等着奶羊怀孕吧，就等着哗哗哗挤羊奶吧。

每天，爷爷我牵着公羊和奶羊在小区里漫步，构成了都市里靓丽的景观。没人来干涉我们，社区工作人员已经知道了，爷爷我正和搭档搞行为艺术呢。

也就是从这一天起，社区里的风景渐渐增添新的亮点了：养羊的人，一天天多了起来，成双结队的羊们，在楼群间行走，温文尔雅地从事着人人皆知的行为艺术。人们为了认出自家的奶羊，给羊毛涂抹了各种鲜艳的色彩，打眼一望，羊群像一片片五颜六色的云彩，在城市里飘来飘去。有趣的是，小朋友们看见彩色的羊群，都不愿意上幼儿园了。孩子们在羊群中奔跑，尽情地撒欢儿。就连大人也被感染了，忍不住同小朋友玩起了老鹰抓小鸡的游戏。

社区工作人员对这个现象感到奇妙，他们跑过来问："怎么回事啊？这么快乐！"

所有的人都如此回答："羊的行为艺术哦。"

社区工作人员笑了，迅速将新生事物上报了。

很快，就有官员下来调研了。不久，"羊的行为艺术"作为人与动物自然和谐的典范，以《风吹草低见奶羊》为题，见诸报端了。

爷爷我被聘为"羊的行为艺术"指导员。爷爷我做了进一步大胆的创新，将野兔、山鸡、河鸭、刺猬、猫头鹰等小动物，统统引进了水泥森林般的城市。现在，我们的城市，变成了一个美丽的村庄，天天有歌声，处处有欢笑。再也没有人因三聚氰胺而后怕了，再也没有人因肾衰竭而恐惧不已了。

拜　访

〇郭凯冰

男人还没想要进去的时候，不小心弄出了一点响声。

男孩在里面问：谁？进来吧。说话的同时，男孩已经把门打开了。

男人还没想好说什么，只好进到屋子里。

屋子里挺简陋，一张小床，一辆很旧的自行车，除了这些，就是满屋子的画。有的画在布上，有的画在纸上，有的是用铅笔画的，有的是用彩色颜料画的。

男孩请他坐到小床上，自己坐到一个放在画架边的小凳子上。

叔叔，您是不是旁边盖新楼的？

男人一惊，口袋里的手使劲攥了攥：你认识我？

我猜的。您身上有种味道，跟我爸爸一个样。

你爸爸是干建筑的？

我爸爸在另外一个城市做建筑工。您看，这是我给他画的速写。

男人接过男孩递过来的一幅画：画上是一个中年男人，穿戴跟建筑工地上许多男人一样。可那双眼睛亮亮的，让这个父亲又不同于工地上的其他男人。男人想，这是一个对日子有盼头的父亲。

叔叔，您看，这是我妹妹。男孩又递过一幅画：一个小女孩，头上扎两个朝天撅着的小抓鬏，脸蛋红红的，鼻梁上还有一道细细的灰，站在画布里朝着男人调皮地笑。

男人看着这个甜甜的小姑娘，嘴角忍不住翘起来。

这是我上一次回家的时候，给妹妹画的。她刚烧完午饭，鼻子上还有一道灰呢。男孩也跟着笑。

男人松弛下来，把手从口袋里抽出，甚至将背靠在男孩卷起的被褥上。

小子，你平时怎么吃饭——也不见你的锅碗瓢盆？

我在旁边的中学吃饭。那里馒头不贵，还可以喝一碗汤，免费的。

菜贵不贵？

好像也不贵，我没买过菜。

哦，舍不得吃菜呀。听说你们学美术的学生能挣钱呢。我们村里有一个画画的大学生，给画廊打工，一个晚上就挣五百块钱。你怎么不也挣点，改善一下生活？

我也挣的，叔叔。这些天，我给旁边那几个商店画广告牌，您没看到我天天站在梯子上吗？

男人当然看到了，而且每天都能看到。他们站在脚手架上议论，如今还是有一技之长挣的钱多，不远处那个画广告牌的男孩，一天下来，比他们十天的工钱都多。

今天人家先给了我五百。这下好了，我可以不用跟家里要钱，就能够跟着班里出去写生了。男孩拍拍自己大大的裤兜，很自豪的样子。

男人笑了，右手撑着脑袋，很舒适的样子。这孩子，一点也不知道做假。

你怎么不在学校上学，来这里自己租房子住？

今年我跟着老师学专业呢。高三都这样，找个老师学专业。其他同学都在老师家楼下租了房子，我钱不够，就来这里找了这间要拆的房子，一个月才三十元钱。

那老师水平行？

行！老师还说我画的是最好的，他让我考中央美院，那可是中国最好的美术院校。

有志气的小子。

叔叔，您的孩子上几年级了？

我的孩子……嗯，好像是上初三了。

哈哈，叔叔，您可不合格，我爸爸不但知道我上几年级，还知道我每次考试的名次！

是的，我要向你爸爸学习。男人又笑了。

哎呀，对不起叔叔，您是不是来借水喝的？我忘了给您倒水。

男人不是来借水喝的，不过并没有阻拦。接过水，大口喝了。

男孩在一边看着就笑。叔叔，您喝水的样子，跟我爸爸一个样。

你爸爸是什么样？

是……我不是没礼貌呀叔叔，这可是我妈说的，她说跟我们家的老黑牛喝水一样。

好小子，你说我是牛饮！男人突然很兴奋，起身拍了站在床边的男孩的肩膀一下，那肩膀很结实。

我要走了，小子，谢谢你的水。我就是来借水喝的，可惜你小子想起来太晚，让我渴得不行，来了个牛饮。男人再一次拍拍男孩的肩膀，走出去。

叔叔，您丢了东西。

床上，静静地躺着一把刀子。

防身用的，小子。送给你了。你一个人，拿着防身吧。

男人转过身，身后传来“砰”“吧嗒”的关门锁门声。

男人没有回头，自言自语道：真是个机灵的小子。

月亮出来了，男人觉得眼前一片明亮。

走在路上的男人想，要是自己的弟弟有这么出息该多好。再过几天就到了探视的日子，管教来信说，弟弟最近在里面不太安心，让自己去看看。明天先让工头预支一个月的工资，大概可以的。

仇　人

○胡　炎

刘全恨死了老李，不是咬牙切齿那种恨，是恨之入骨的那种，直想食其肉寝其皮方解胸中块垒的那种。

这老李不是别人，正是刘全过去的恩人，他的老局长。

说起来老李对刘全是有知遇之恩的。当年刘全从大山沟里跑出来，在建筑工地上一身泥浆地和水泥、搬砖头，闲暇时间还读书作诗，在本地的报纸副刊上时不时地钉块补丁。如此，引得老李刮目相看。当然，若非友人推荐，老李也无暇把目光放在报屁股一个无名鼠辈的身上，其间还有更深一层的原因：他和刘全是老乡。穷山僻野出龙凤，自然让老李情有独钟，于是亲自出马，招工转干一路马不停蹄。刘全就此脱胎换骨，小鲤鱼跳了龙门，诗人的桂冠也戴在头上了。

如此这般，刘全岂有不感恩戴德之理？

这刘全确也是个人才，在机关混了几个月，会议记要总结报告等等触类旁通，不仅章法合理，更兼略具文采，引得大小头脑交口称赞。不管哪个领导要讲话稿，都冲刘全一人来。刘全也不抱怨，通宵达旦忙得不亦乐乎。领导夸他：“小刘，妙笔生花，咱们局头号秀才啊！”

刘全腼腆地说：“哪里呀，离领导的要求还差得远呢。”

领导一听这话，更加赏识几分：“好好干吧年轻人，前途无量啊。”

老李自然对刘全是一百个满意，不仅仅在于他手中有支铁笔杆，更在于他谦恭为人，腿勤手快，大事能独当一面，小活儿如斟茶倒水抹桌拖地，也干得热火朝天。老李暗自得意，一为伯乐识得千里马，证明自己有魄力有眼光；二为给家乡人做了贡献，日后衣锦还乡起码不听风凉话。老李想，这小伙子是块好料子，逮机会先把他提到中层干部岗位上来，为他的长远发展打下基础。

刘全当然明白老李的心思，老李的一个眼神一个微笑都逃不过他的法眼。在机关混久了，刘全扔下了酸诗把心思往琢磨人上使，他这才发现自己这方面的天分远胜于写诗的潜质。刘全出身低微，在人前装孙子习以为常，尤其对老李，他毕恭毕敬，唯命是从，像个地道的勤务员；鞍前马后，体贴入微，像是儿子对老子……对刘全来说，这算啥呢？比拎泥兜搬砖头省劲儿多了！

果然时间不长，刘全就当了办公室副主任。

在所有人眼里，刘全是未来的主任直至副局长无疑，仕途广阔一马平川。然而有道是人算不如天算，还没等老李把他作为正科级干部人选提出来，老李倒先病倒了，无法继续工作。刘全只觉后背一空，才发现自己少了一座靠山。

一天在医院，老李语重心长地说：

“小刘啊，工作别松劲儿，等新局长一来，我就向他推荐你。”

刘全掉了眼泪：“李局长，不，李伯，您的恩情我没齿不忘！”

新局长走马上任，新老交接就在医院进行。岂料小道消息不胫而走，把刘全气得差点儿没吐血。原来老李推荐的不是他，而是保卫科的混混儿陈刚。这不是把他当猴耍了吗？

刘全一气之下再也不登老李的门了，甚至生了病连老李就诊的医院也不进，宁可舍近求远。明里暗里，把个老李损得猪狗不如。相反，陈刚倒是对老李感激涕零了……

恨得牙根痒痒之时，刘全的官运来了。新局长主动找他谈话，夸他业务精干、待人宽厚云云，主任的乌纱不费吹灰之力落到了他的头上。而那个陈刚，则连保卫科也没待下去，被贬到一个差额拨款的二级机构饿肚子去了。

真像一场梦啊！不，做梦都没想到。刘全不由感慨：慧眼识才者，新局长也。

数年后，刘全如愿以偿当了副局长，而老李却将要跨过阴阳界了。这天，老李的家属亲自到机关请他："刘局，老李他快不行了，临走前……他点名想见你一面……"

刘全本欲推辞，转念一想，人之将死，其言也善，没准儿他还要向自己忏悔呢。再说，也不能做得太绝，让人家说自己没肚量。

病床前，老李屏退左右，只留刘全一人。

老李使尽全身力气，说："小刘，你当了副局长，我……我高兴当年，我故意制造误会让你恨我，因为……新局长和我……曾经是死对头。你恨我，疏远我，新局长就不会……怀疑你是我的人了……"

刘全傻了。还没等刘全回过神来，老李已经咽气了。

老李追悼会那天，刘全哭得很痛。

上大学去

○范子平

我们从没有做过上大学的梦，因为我们村从来就没有出过一个大学生。不过我们不上大学但一般都上小学，可是这小学上得又不安稳，谁的家里要用劳力马上就叫他们的孩子辍学。所以，我们一个班在一年级时有13个人，到了五年级，就剩下我们5个了，都姓王，都是本家自己人，还是王连喜的班长。没有我们不敢办的事，都说我们“捣蛋得欺天”，就连班主任也气病了，回城去看病再也没回来。过了好几个星期，学校就换了同村同族的王敬民来教我们。王敬民三十多岁，高高的个子，别看他比我们大十几岁，却是我们的晚辈，论辈分我是叔叔，王连喜他们四个就是爷爷了。王敬民上课讲得很有意思，总而言之就是故事开路，先吸引住你再往下听课，这个我们真的很欢迎。可是他叫做作业我们就不高兴了，因为我们已经两年没有做过作业了。他给我们几个人都打了不及格分又在课堂上批评，我们可就恼火了。王连喜就喊：过来，过来，我是爷爷我叫你。王敬民无可奈何，因为我们村就一个族，村里老人对辈分还挺重视的。我们几个就越发调皮，齐喊：现在是四个爷爷一个叔叔集体处罚，王敬民马上来！王敬民只好过来按照我们的要求把腰弯下，我们伸出食指和拇指弯成一个圆，每人在他头上弹了一下。王敬民夸张地哎哟着，说：你们这些捣蛋虫！他没说下去，我们毕竟是长辈，他没有办法。

第二天来上课，王敬民突然说，你们想不想上大学去？上大学去？这是不是那天我们在他头上弹时下手太重把他弹成了神经病？我们会有上大学的命？再说我们才上小学五年级跟大学还差着十万八千里。我们就笑嘻嘻地说：想是想，就是太空想。王敬民一下子摆出了晚辈人的随便来，大喊：走，咱上大学去。不由分说拉着我们上了一辆开向城里的客货两用车。看着两边的树木飞快朝后跑去，我们可得意了，上大学不上大学，这个旅游要比掏鸟窝比挖田鼠洞比捉水蛇有意思多了。

没想到王敬民真的领我们去大学了。这所大学还是全省很有名的一所大学，只是没有在市里，在距离市区十多公里的地方。首先那个大门就气派得叫人吃惊。门岗在屋里并不出来，汽车来了电动栅栏门会缩起来让路。王敬民经过一番交涉，领我们走进了大门（王敬民交涉时，我们才知道他的高中同学在这里当老师）。嗨，还真是从没有见过这样好的地方！绿莹莹的草地上伸着长颈灯；路边一丛一簇的鲜花沁人心脾；石板铺就的甬道上青年人三三两两拿着书本散步；高大的楼房上美丽的玻璃幕墙像是神话宫殿一般；教室里，大学生们看着大屏幕电脑听老师讲课；图书馆里，好家伙，一格格一柜柜的书本快把我们的眼睛看花了；电梯呢上上下下头脑有些晕乎像坐飞机一样；实验室里，瓶瓶罐罐还有不知名的仪器高高低低，酒精灯吐着蓝色火苗；还有广阔的体育场，篮球足球排球在飞上飞下……大学真大呀，大学真美呀，我们的心震撼了，小脸严肃起来，一种莫名其妙的激动在血管里膨胀。

王敬民说：咋样？

王连喜说：这个……这个……真是比天堂还好。

我说：让我在这个地方过一天就美啦。

王敬民说：这里边出来的大学生，机关、学校、工厂、解放军都抢着要，为啥？人家有本事。像咱开后门人家也不要。比方咱村的支书，又是送礼又是说好话，儿子才安排到县电缆厂，还下了岗。这所大学的毕业生，挺起胸膛做人，到处有人抢。自己饭碗铁不说，还光荣，给国家做贡献大！你像咱借用县农场的自动收割机，就是这里发明的。那算是小发明，大小发明这里一年几百项！你们想在家窝窝囊囊过一辈子，还是想上大学，做大事，给国家做贡献，过城里人的好日子？

我们一时忘了自己的长辈身份，一起回答：想上大学！

王敬民说：那就好，上大学就得好好学，认真听讲，往心里听，认真做作业，往心里学，得靠你自己用心，得靠你自己吃苦！

当我们朗朗的读书声响彻在小村上空时，去地里劳动的好多人拐到这里看热闹，说：王敬民真有本事，咋把这几个捣蛋泥猴制伏了？

一晃六七年过去了，我们这一班的5个同学，真的都考上了大学。每年过年回家的时候，我们都去看望王敬民老师。我们规规矩矩，恭恭敬敬。王敬民老师开玩笑说：别这样，你们还是长辈呢。我们全都不好意思地笑了。

穿过正午的马车

〇周海亮

马车上铺满厚厚的稻草，碎屑和灰尘在阳光里盘旋飞舞。马车颠簸在夏日正午的山间小路，呱嗒呱嗒，呱嗒呱嗒。眯着眼，一指缝隙里，我看到老人颤起的鞭梢和一匹马健硕的屁股。突然老人喊一声“吁”，跳下车，寻一根棍子，将马遗落的粪便拢起，又从车厢里寻一个破旧的蛇皮口袋。棍子又细又软，老人几乎用手将几粒粪团抓进口袋。老人将口袋扔到我身边，抱歉地说，嫌吗？我说没事。老人就笑了，所有的牙齿都在牙床上摇摆或者飘扬。老人说这世上只有人粪臭不可闻。老人说所有的牲口粪都有一股发酵后的香味。老人说，酱香味。老人重新坐稳，喊，驾！鞭竿声东击西，鞭梢抖开成花。

尽管阳光暴烈，但躺在稻草上非常舒服。两腿搭上车辕，两臂枕在脑后，甚至可以轻哼一首曲子。我庆幸遇上老人的马车，否则，这样的正午，这样的土路，我想我可能会晕倒路边。

做什么来？老人问。

采风。

采风？老人扭头看我。

就是随便转转。顺便看一位老同学。

哦。到哪里去？

镇上。

去镇上看一位老同学?

是这个意思。

哦，这样。前面不远，快到了。老人咳一口浓痰，点一根草烟，驾!驾驾!

宽大的轮胎击起一路黄尘。

一会儿，老人再扭头看我。

在城里做什么?

写字。

写字?

作家。

写书?

是。

报纸呢?

偶尔。

老人急忙喊住马，惶惶地跳下车。他小跑到我面前，握住我的手。老人仿佛跪倒在神灵面前的圣徒，表情刹那间变得卑微并且虔诚。老人光着膀子，汗珠从他的毛孔里蜂拥而出，将宽大粗糙的紫黑色皮肤打湿。他的身体散发出浓重的牲口气味，又酸又甜，又腥又臭，阴，湿，黏稠，灰黑色，当当响着。

你得帮我。老人说，你一定得帮我。

我愣怔，愕然。怎么帮你?

因为你写报纸。老人说。

写报纸怎么帮你?

回去再说，边吃饭边说。老人松开我的手，身体伏低。他低着身子蹿上车辕，鞭梢急不可耐地击上马的屁股。后来我一直坚信，那个正午，那匹老马跑出了风的速度。

我坐在老人的炕头上吃饭，四菜一汤，大盘子大碗。老人开始讲他的故事，表情平静。他说他的儿子被镇长的小舅子捅死了，不是用刀子，用的是四齿粪叉。他说他的儿子身上有四十八个冒血的窟窿，他的儿子，挨了十二叉。他说他的儿子躺在炕上号了整整两天两夜，临死前他吓跑了屋里所有的老鼠。他指指炕尾说，就躺在这里。我扭头，那里似乎真的躺着一位年轻的后生，后生被扎成可怜的蜂窝煤，身上的每一个孔洞，都鼓起红色绚丽的转瞬即破的气泡。

怎么这样？我问。

赶集时，镇长的小舅子白拿老乡东西，他看不顺眼，说了几句。打起来。镇长的小舅子顺手操起身边的粪叉……

怎么处理的？

黑白颠倒了。

怎么处理的？

说是防卫过当，判了几年。我想他明年就能出来。最晚后年。可是杀人得偿命，你说是不是？我死了儿子，他得偿命……

可是我怎么帮你？

你写报纸，你帮我写写。算我求你……即使不偿命，也不能颠倒黑白，是不是？是怎么回事，就是怎么回事。我儿子，他不是贼。真正的贼，是镇长的小舅子……

我低头喝酒。

你肯不肯？老人再一次低了身子。

我继续喝酒。

你到底肯不肯？老人的身子越来越低。

我将杯中酒一饮而尽，点头。好像我还说了一句“没问题”。我忘记我到底说没说。老人的老伴儿将筷子伸向盘子里的一只鸡块，老人狠狠地剜她一眼，那筷子立刻不动声色地改变了方向——盘子里的鸡块，屈指可数。

老人送给我一蛇皮口袋苹果。青苹果，圆圆溜溜，青瓷光，小得像鸡蛋。老人用他的马车送我到很远，踢踏踢踏，呱嗒呱嗒，踢踏踢踏，呱嗒呱嗒。老人站在土路远方跟我挥手，老人喊，回去别忘了写。他的皮肤在阳光下散开，那是一堆抖动的叠起的皱纹。我使劲点头，肩上口袋重若千钧。

那袋苹果伴我半程，终被我无奈地扔掉。我揉着磨出血泡的肩膀，看它们滚落一地……

每一天我都在想老人托我的事情，但是我无法办到。我不是记者，不是警察，不是法官。我只是作家。作家只是职业，既不是身份，更不是职务。我可以虚构出美好或者残忍，但我绝对做不到真实。我像一只流浪混迹在城市里的猫，我想，城市里，绝没有人在意一只猫的苦楚。

更何况，大多时，我的苦楚，其实那般虚伪。

在夜间，在清晨，在黄昏，在正午，我分明能够听到马蹄落上土路的声音，踢踏踢踏，呱嗒呱嗒，踢踏踢踏，呱嗒呱嗒……还有马粪的酱香，还有闪动着光泽的老人的紫黑色的皮肤……无数辆马车无数次穿越无数个下午，无数个老人向我投来无数个乞求的眼神……

那天回来时，镇长为我安排了轿车。他拍着我的肩膀，万般不舍地说，下次什么时候再见面，老同学？

玉　米

○刘国芳

老头儿是市长的父亲，但在花园小区，没有一个人知道老头儿是市长的父亲。花园小区的住户，都是有身份或者是有钱的人，只有老头儿和他们格格不入。老头儿穿一身青布褂子，脚上穿一双解放鞋。老头儿住进来好几天了，保安仍不认识他。有时候见老头儿从外面进来，保安总要大声说："你进来做什么?"

老头儿说："我住这里。"

保安说："你住这里?"

老头儿说："A 区 B 栋 303。"

保安不相信老头儿住这里，但老头儿说得那么具体，保安只好挥挥手，让老头儿进去。

小区里很多人看着老头儿进去，他们的脸色很不好看，等老头儿走远了，都说："我们这儿怎么会住进这样一个乡下老头儿呢?"

老头儿不管别人说什么，进进出出自在得很。有时候，他会笑一笑，看着小区里的住户或者说看着那些邻居打招呼。但老头儿自作多情，那些邻居面无表情，根本不睬他。老头儿也不恼，只笑着跟自己说："这城里人脸上怎么都像打了石膏一样?"

这后来的一天，老头儿闲不住了，老头儿自告奋勇在小区里扫地。小区本来请了清洁工，但那人懒，一天只在早上扫一次，其余时间便见不到他的人。那时候正是秋天，满地落叶，老头儿就拿一把扫帚，提一只撮箕，扫地上的落叶。小区的人见老人满小区扫地，忽然就“明白”了，他们说：“原来这老头儿是扫地的！”

小区有一个角落，有两三亩大。这儿植了草皮，但因为偏僻，没人精心管理，草长得稀稀拉拉。有一天，老头儿在这儿侍弄起来。开始，小区的人不知老头儿做什么。过了几天，看见老头儿把地全翻了，才知道老头儿要种东西。保安当然不会坐视不管。保安有一天拿着警棍走过来了，他们熊着老头儿说：“你在这儿做什么？”

老头儿说：“看这块地闲着，想种些庄稼。”

保安就咦一声，大声说：“你以为这儿是你乡下呀？”

老头儿说：“这地闲着不是浪费吗？种些庄稼多好。”

几个保安不再跟老头儿啰唆了，推走他，一直往小区外面推。保安仍没把这个老头儿当小区里的人，所以往外推他。老头儿看看要把自己推出小区了，便大声熊着保安说：“你推我去哪儿呀，老子住这里呢！”

保安这才住了手。

老头儿后来继续挖着那块地，保安也时常过来干涉，但并不奏效。老头儿倔得很，把他赶走了，他过了一会儿又来了。小区的人后来都知道老头儿要在那儿种庄稼，他们看着老头儿，总摇头，还说：“典型的一个农民，走哪儿都忘不了种地。”老头儿随人家怎么说，把地挖好了，竟种上了玉米。老头儿应该是种田的好手，几个月过去，那块地的玉米竟青青翠翠好看得很。小区的人大多没见过玉米，有时候，他们会走过来，很有兴趣地欣赏着。

这天深夜，有一个贼翻墙进来，然后潜进一户人家想偷东西。正要偷时，被发现了。贼跳窗跑了出去，然后往玉米地里跑。刚好保安往玉米地边走，当即把钻进玉米地的贼捉住了。这个小偷一看就是个乡下人，保安打了他两警棍，然后让人去喊老头儿来。看见老头儿来了后，保安说：

“这个小偷一看就是乡下人，他是不是和你一起的？”

老头儿很生气，老头儿说：“他和你一起差不多。”

保安说：“我现在才知道你为什么要在这儿种玉米，原来是为了你们偷东西好藏身。”

另一个保安甚至用警棍指着老头儿说：“你们肯定是一伙的，一伙乡下人合伙在城里偷东西。”

老头儿暴怒起来，老头儿说：“放你妈的屁，你他妈的才是贼！”

一个保安举着警棍打过来，还说：“看你一副贼相，还嘴硬。”

这句话极大地伤害了老头儿，老头儿半晌说不出话来。后来老头儿说话了，老头儿说：“我是贼相，好，我让你们知道我是不是贼相。”老头儿说着，从身上掏出一只手机来。十分小巧的手机，很精致。老头儿迅速拨了个号，然后说：“你过来一下。”

毫无疑问，老头儿给他当市长的儿子打了一个电话。

十几分钟后，市长就坐着车来了，市长一见老头儿就喊道：“爸，出什么事了？”

门口围满了人，有人认得市长，叫了起来：“这不是李市长吗？”

一伙人鸦雀无声。

不一会儿，物业经理和开发商都来了。开发商一个劲地道歉，还跟老头儿说：“我们立即把这几个保安辞了。”

老头儿说：“那倒不必，我只是想让他们知道，我不是一副贼相。”

这事过后，老头儿还是原来那个老头儿，老头儿每天拿着扫帚撮箕出来扫地，见了人，仍然笑一笑。小区的人现在都知道老头儿是市长的父亲，见老头儿笑，也忙不迭地回一个笑。

老头儿的玉米地还在，老头儿真是侍弄庄稼的能手。那片地，后来真结出了一棒又一棒玉米。把这些玉米收了后，老头儿竟一户一户地去敲人家的门。门开了，老头儿递过去几棒玉米，然后说：“我种的玉米，你们尝尝吧!”

小区所有的人都高兴地接过老头儿送来的玉米，在老头儿走开后，有人说道：“难怪老头儿的儿子会当市长，原来老头儿人这么好。”

猎　豹

○申　平

老爷岭这一带，早些年就经常有豹子出没。张五他娘13岁的时候，曾和弟弟一起亲手杀死过一只豹子。

那天晚上，她和弟弟在家看家，饿了，就在火盆里烧土豆吃。正吃着，忽见窗上的一个破洞里伸进一个狗头来，贪婪地看着他们。张五他娘有点害怕，就扔给它一个土豆吃。谁知它吃完，竟想往里拱。她弟弟只比她小一岁，却很有心眼儿，他跑去找来一个铁秤砣，在火里烧红了，又让姐姐给它。张五他娘用火钳子夹起来一扔，那狗一口就吞进肚里，只听嗷的一声惨叫，狗头缩了出去。

第二天一早，人们在离村子不远的一条沟里，发现了那条“狗”的尸体，原来竟是一只豹子。张五他娘好不后怕。

且说张五他娘长大以后，嫁了一个猎人，后来就有了张五。张五从小跟着父亲上山打猎，学会了猎人的全套本领。

可惜张五生不逢时。这些年，先是山上的猎物渐渐少了，后来政府又明令禁猎，张五只好改行种地。但是张五的家住在山的最里面，每到冬天没事，他就会偷偷上山，去打些野物解馋。

后来山上的狼渐渐多起来，张五想弄一张狼皮做褥子，就去山上下了狼夹。这天早上，他踩着积雪去巡山，意外发现狼夹居然夹住了一只豹子，而且这只豹子已经拖着狼夹跑上了山顶。

这真是意想不到的收获。这年头儿，豹皮、豹骨可是越来越值钱了。但是，让政府的人知道了可不得了啊！张五想了半天，决定速战速决。反正豹子已被狼夹打伤了，不捉它，它迟早也会死掉的。

张五摸了摸腰间的匕首，快步向山上走去，人和豹就在山顶的一块巨石后相遇了。

这是一只漂亮的金钱豹，身上的花纹和毛色新鲜好看，可能它较年轻，不然，它也不会误中狼夹。它看见张五过来，立刻吼叫着摆开架势，准备和他决一死战。

张五拔出匕首，人和豹开始对峙。这里要交代一句的是，张五的猎枪早已上缴，否则，他就不用费这个事了。

豹子的确胆大，它虽然腿上带着狼夹，但还是率先向张五发起了进攻。它声若巨雷，铺天盖地扑过来，一口就将张五的头皮给扯了下来。张五也不含糊，一刀便刺入豹子的肚子，并在里面用力搅着。最后人和豹子都倒了下来，但是张五没有忘记将自己的头皮重新盖了回去。

张五的老婆赶来，将张五送进了医院。张五躺在病床上，还不忘指挥老婆和弟弟将豹皮扒了，将豹骨存起来，将豹肉煮熟吃掉。

尽管这一切他们做得很秘密，但到底还是惊动了村委会和乡政府。

这天，乡政府的一个副乡长竟跑到医院来问张五："你到底打了什么动物？"

"是狼。"张五回答。

"狼？"副乡长不信，"狼皮在哪里？我要看。"

张五当然拿不出狼皮，这就更加重了副乡长的怀疑。随后，他又来了两趟，声声逼问已快痊愈的张五。万般无奈，张五只好实话实说。

副乡长的脸就黑了下来，他说："张五，豹子属国家一类保护动物，你打死一只豹子，起码要判你几年徒刑。"

张五很害怕，就哀求副乡长高抬贵手。副乡长最后说："好吧，你先把豹皮交给我，我替你保存着，看看能不能把这事压下去，因为这件事若捅出去，对我也没什么好处。”

张五立即让老婆连夜把豹皮给副乡长送去了。从此果然没有了动静。

张五快出院的时候，传来消息说：副乡长已放出话来，说他已把事情调查清楚了，张五打的就是一只狼。

张五把豹骨悄悄卖了，不多不少，正好摆平了他的医药费。他从此发下毒誓：再也不打任何动物。

神箭手

〇朱雅娟

月圆之夜，泰山之巅。天驰与天纵终于又一次见面了。这一对武林中公认的神箭手，师出同门，在箭术上都已达炉火纯青登峰造极的境界。也许今天，谁高谁下终于会有个结果。

事实上，他们来泰山比箭已经不止一次了。十年前、二十年前、三十年前，三次比箭，都是天驰略胜一筹。

江湖中人也是仅知结果，两位神箭手相约比试，谢绝外人观战，所以三次比试的详情，除了天驰天纵二人，没有第三人知道。

时已隆冬，冰雪掩映下的枯枝落叶被山风吹得簌簌作响，说不出的萧条与寂寥。天驰跟天纵的袖子都吃足了风，鼓鼓囊囊的。两人默不作声，相互打量一番，较之十年前，天驰已变成了干瘪老头儿，而天纵也早已皓首银发了。

天驰干笑一声，笑声震落了松枝上的积雪，几片雪花粘到了他俩的眉毛和胡须上。天驰说，三十年了，我们还没有真正比试过，今天你是有备而来吧？

天纵垂下手，毕恭毕敬地说，虽然不曾比试，但高下早有分别。三十年前，我执弓背箭，早早候在南天门，那时我意气风发，自信绝不会逊于师兄你。

天驰点点头，果真要比，我不一定能赢得了你。

天纵说，我等了半个时辰，才看到师兄顶着一轮明月来了。月光下，我清清楚楚看到你的箭囊只装着三支箭。

天驰捻须笑道，一支用来防身，一支用来比试，还有一支留给自己。

天纵说，我回头看看自己满满的一皮囊箭，就知道我已经输了。

天驰看着天纵的眼睛，说，记得那天你特别懊恼，但你下山时步伐坚定，我就知道，你一定还会再来找我比试，只是没想一等就是十年。

天纵的目光投向远方，叹了口气，说，十年后，我再次邀你来泰山，是以为自己的功力与师兄你不相上下了。

天驰说，那一次你带了两支箭，而我只带了一支。

天纵说，我留了后路给自己，而师兄你连后路都断了……所以，我又输了。

天驰说，再过十年，你我又上泰山，这次是我先到山顶。

天纵搓了搓手，说，这次我只带了一支箭，但师兄你的箭囊，却是空空如也。我起初有些不解，当看到师兄一拉空弦便震落天上的孤鹫，才知道心中有箭，才是神箭手的至高境界。

天驰笑了笑，有些狡黠地说，其实我是想，如果你的箭射不倒我，那么射向我的这支箭，一定就是射倒你的那支！

天纵也笑了，说，我带的那支箭，早就去了箭头的……

风忽然停了，月亮的脸藏了一半在浮云中。

天纵找了块石头，用袖子拂去尘土请天驰坐下，蹲下身子，轻声说，虽然说艺无止境，但我今天邀师兄再上泰山，就是想证明我也会迎头赶上师兄的。

天驰酸酸地说，何止赶上，怕是反超了吧？

天纵摊开手，一脸无奈地说，但我没有想到，师兄今天跟我一样，别说箭囊，就连弓都没带一张。天纵微闭了眼睛惬意地笑，师弟愚钝，到今天我才悟出，武功最高的境界就是宁静，就是可以和自己敬重的人行到山穷，坐看云起。

天驰又笑了，拍拍天纵的肩说，师弟你太厚道了，世事如果真的如你所想，人间早就是天堂了。

猝不及防。一支箭，一支——袖箭，准确地插入了天纵的心脏。

天驰用手轻轻合上天纵睁大的双眼，叹了口气，非常遗憾地说，关于这次比武的结果，只好由师兄我亲口通告江湖了。

月亮把天驰的影子拖得老长……

谁也不会相信，天纵闭着的眼睛突然流出泪来。天纵从胸口掏出了师父临终前传给他的护心镜，镜子已裂成了无数碎片。

天纵还想起了师父的遗言：用袖箭射碎这个护心镜的，一定就是谋害为师的那个人。

师父遇害，已经过去了整整四十年。

假 牙

○杜书福

他和她的认识纯属偶然。

她是一个医院的护士。他晕倒在她上班医院的门口。

她叫人把他抬到了急救病房，并想法通知他千里之外的父母。他住院一个多月，她担任他的护理一个多月。

病愈后，他出院了，回到了千里之外的小城。

本来他们都以为什么事也不会发生了。

可是有一天，她上网聊天儿，碰到了一个叫做“歹人”的男人。男人见她的网名叫“青霉素”，知道她是医生，就给她讲了一个故事。

歹人说，有一个男人，在千里之外的一个城市，忽然晕倒在医院门口，有许多人——也包括医院的医生——从男人身边走过，可这些人只是看看，没有人去救他。在这个男人快要绝望时，一个女护士走了过来，她一见男人，就大嚷大叫起来，还叫人把男人抬到了急救病房。

青霉素说，那个女护士是不是从男人的衣兜里找到了身份证和手机，然后一个个地拨手机里存着的号码，最后终于找到了男人的父母？

歹人说，是的，你还挺会猜的，当时你不会就在一边瞧热闹吧？

青霉素说，后来呢，后来怎么样了啊？

歹人说，后来，女护士每天都像快乐的小鸟一样飞进男人的病房，和男人说话。男人的一家都很感激她。

青霉素说，呵呵，这个世界还是好人多嘛。

歹人说，其实那个男人没病，是装病晕倒在医院门口的。

青霉素说，不可能吧，那个男人应该有病才对啊。

歹人说，医院一查，男人果真有病，胸部有一处暗伤。男人住了一个多月，病就好了，出院后回到了千里之外的家。到现在，那个男人夜里做梦都会梦见护士。

青霉素眼里蓄满了泪，她对歹人说：世界不会这么小吧，我就是那个女护士啊。

歹人说，真的吗？这说明我们有缘分，我就是晕倒在你们医院门口的那个男人啊。

他和她从此就经常在网上聊天儿，网上有很多人知道了他们的故事，都觉得他们真是有缘分的人。

后来有一回，青霉素在网上问歹人：当初出院时你为什么不问我的手机号码，甚至连信也没有写一封给我呢？

青霉素说，其实当时我很希望你问我要手机号码啊。

歹人沉默了很久，才说，这是我的秘密。

他和她还是经常在网上聊天儿，后来还见过几次面。

三年后，他开了一家公司。

他向她求婚，他说，她是他一辈子要感恩的人，也是给他幸福的人。

新婚之夜，他吻她，忽然，从他的嘴里掉下两颗假牙。

她很惊讶，怎么以前从没听你说过你安了假牙呢？

他很愧疚，他说他以前真的和他的网名一样，是一个歹人，成天跟着一帮人打打杀杀，这几颗假牙就是那些日子留给他的纪念。

他又说，那次，同伙中的一个人和他打赌，说这个世界上已经没有一个好人，你就是晕倒在医院门口，也没有一个人会去救你。

他说他当时不相信。他说，如果没有人救他，他就准备安安心心在黑道上混一辈子了。

幸好那天你救了我。他感慨地说，现在知道我为什么不问你要手机号码了吧？以前我不是好人，我知道自己配不上你啊。

她紧紧地抱住他，眼里不知道什么时候已经蓄满了泪花。

给记者的儿子当老师

○无字仓颉

从教六年来，还是第一次碰到这样的烦心事。

一开学，学校就“建议”每位家长的手机开通中国移动的“校信通”功能。当然，每位家长都接受了“建议”——入学报名时就已登记了手机号，跑得了吗！谁知短信一开通，手机爆满！全是家长发来的问候语。——唔？这条有点意思，看看：“您好！我是你班学生敬仰真的爸爸，日报社记者，喜欢文学，有作品在国家级刊物上发表。您是语文老师，希望与您结为朋友，共同探讨一些感兴趣的话题！”

真让人心花怒放，平生第一次，有作家要与我交朋友。二话没说，当即给他发回去：“很高兴认识您，在未来的日子里，我们将作为长期的朋友一同关注孩子成长！”词儿还行吧？怎么说咱也是教语文的呀。

谁能想到，从此就惹火上身了呢？

我们学校每个教室都有一套多媒体教学器材，三年前才开始配用的，当时所需费用让那茬儿的学生平摊了，每生700元。此后每一年，学校都要求新生缴纳同样的费用，作为器材使用费。

不想几天后，日报的“周末评论”上，赫然有一篇题为《逐年升值的多媒体》的文章，大意是说，有所学校在一次性收取了学生多媒体费用后，每年仍在加收新生这部分费用，致使这套多媒体逐年升值，预计到本世纪中叶，其价值将达到一个天文数字！

校长看了龙颜大怒，扬言要查出是谁捅出去的！我吓得大气不敢出。还用说吗？除了记者谁有这能耐。

还有一次，学校发了张“缴费通知单”，上面列出了一些辅导教材用书，共计40元，注明此费用不含在“一费制”内，要求补缴。单子让学生带回家后，除了敬仰真，其他学生都把钱带来了。问原因，这小子抖抖索索上前，嗫嚅着说：“老师，你看手机。”我掏出来一看，嗬！四五条短信。打开一看，上写道：“刘老师，上次开家长会时，您开列了一个‘学费说明’，上面有一项‘书费’65元，难道不含辅导教材费？如果不含，我算了一下，剩下的书应收25元。也就是说，不是上次多收了，就是这次不应该收。”嘿！算得怪清楚！你以为我不知道哇？这是学校使的“障眼法”，多少人都给蒙过去了，就你这里过不去？我给他回了条：“这是学校规定的，我也不太清楚！”

结果，第三天报纸上登出了题为《如此“一费制”》的文章，第四天教委就派人来了解此事，最后确定属于多收费，多余部分如数退还学生家长。

记者又胜利了！我恨得直咬牙：你给我捅多少娄子了？这次如果校长知道是我班学生家长干的，我这班主任还干得下去吗?!

“报仇”的机会终于来了！那次放学后，我回到家，刚端起碗，“滴滴”来短信了，一看，又是记者的——

“刘老师您好！请您写出两个带‘竖弯’笔画的字。”

我轻蔑地笑了：原来也有你不知道的啊！随即发回去两个字“四”、“西”。这是那天的语文家庭作业内容：写出含有下列笔画的字。

过了一会儿，又有短信来：“刘老师您好！请分别写出带有‘弯钩’和‘竖钩’笔画的字。”

嘿嘿！我早料到这个他必然要问！除非文字研究专家，一般人很难分清这两个笔画的区别。我得意地发回去：“弯钩有‘手’‘了’，竖钩有

‘削’‘到’。”

他不死心，又追回来：“斜钩?”

“戈!”

“卧钩?”

“心!”

哈哈！他彻底缴械了，一败涂地！我心中无限快感。看你还敢逞能不？不杀杀你的威风你不知地厚天高！我心情舒畅得几乎要哼出歌儿来。

第二天，去教务处取“优秀教师申报表”，看到桌子上有份报纸，一篇文章题目吸引了我，拿起一看，写的是：《从“竖弯”、“弯钩”、“竖钩”、“斜钩”、“卧钩”看当今的应试教育》。

我差点没晕倒!

《黔之驴》的另类版本

○杨光洲

夜读柳宗元的《黔之驴》，不由得昏昏沉沉。不知何时，柳宗元竟已立在我身旁。灯光幽暗，他面目、装束看不分明，声音却明朗：“人向动物学习，有仿生学。岂不知动物也向人类学习，有仿人学。有了仿人学，驴与虎的关系可就微妙起来了。不信？老夫就有《黔之驴》的几个新版本……”

版本甲

级别生威。山中早传闻一位大头头儿要下派至此，驴入黔后暂处山下，无所事事。暗中观察着这一切的虎终于明白了：此长耳长脸的家伙定是下派的头头儿。它每天什么都不干还气定神闲，莫非是善于无为而治？它究竟是什么级别？什么级别坐什么档次的车，山外有明文规定，可这家伙是乘船来的！它将来在山中居于我之上还是做我的副手？这些问题不弄清楚绝不能贸然行动！官大一级压死人。两条腿走路的人那么灵巧还会被级别压死，何况我这只四脚爬行的虎呢？领导很重视对下属的第一印象，我须小心，再小心！

版本乙

深沉出力量。躲在林中观察多日之后，虎生出一丝侥幸：这庞然大物也许不是上面派来的领导。即便是领导，或许没有想象中那么厉害。厉害不厉害，试试才知道！虎壮起胆媚笑着对驴说："您真大度。那些苍蝇在后面打扰您，您也不生气。"说话间，虎翘起钢鞭似的尾巴，向驴屁股抽去。虎想，抽得太重，万一这家伙真是个平日深藏不露的高手，因这一抽大怒，我岂不危险？抽得也不能太轻，太轻起不到"火力侦察"的作用。说时迟，那时快，虎尾一抽，驴抬后蹄便踢，正中虎的命根子！虎瘫倒在地上，驴扬长而去。虎捂着命根子想：领导厉害！领导平时不显山露水，关键时刻才露峥嵘。幸亏领导深沉，这次只是点到为止！哎哟……从此，虎对驴十分尊敬，见驴必伏地磕头。若看到驴脸拉得不太长，虎会扮成猫："驴王好！驴王万岁！喵……"

版本丙

行贿并快乐着。虎四处打听驴的级别与来头。结果是：具体什么级别、来头谁也说不清。但大家一致认定，下派挂职必定有来头，挂职以后必定提拔重用。这些信息让虎后悔得直抽自己嘴巴，自己在这山沟里天天盼着能找到上层关系，这送上门的机遇差点被断送掉！自己以前在驴面前竟那般孟浪，真该死！虎毕恭毕敬地给驴献上新鲜的鹿肉、兔肉、山鸡肉。面对贿赂，驴脸似乎拉得更长了。虎扫兴而归。又经打听，虎豁然开朗：挂职期就是镀金期、考验期，此时领导岂肯因小失大？给领导送礼不能盲目，要投其所好、所需。潜心观察、深入思考、认真研究后，虎拎着束青草敲开了驴的门……从此，虎每天清晨都爬到山巅去拔顶着露珠的嫩草，风雨无阻。驴吃着虎送来的嫩草也不多说什么。可虎知道，领导是不会轻易表态的，领导正在考验自己！驴领导一旦高升，自己不也就跟着……虎常从梦中笑醒。

版本丁

爱着领导的爱。深沉的驴一日忽然发出了一串很响的声音。这是朗诵、歌唱，还是演讲？动物们谁也听不懂。但虎兴奋得坐不住了："听不懂说明你们水平低！山外'海归'派不也常冒出些谁也听不懂的词吗？可大家越听不懂越夸他们水平高。你们听不懂驴领导的语言，这太正常了，领导的意图本来就只可意会不可言传，领导音域宽广，音色纯正，音调高亢激昂，我们不赶快修歌舞厅还等什么？兔、鹿、龟……只要是地上跑的一律给我搬砖和泥盖歌厅。画眉、夜莺、麻雀……无论什么鸟，能陪驴领导唱得开心就是好鸟……"

"让威猛的虎臣服于无能的驴，照这样下去，生物还能进化吗？"听着《黔之驴》的种种版本，我不禁发问。梦醒了，柳宗元不知所踪，窗外夜沉沉……

我们将怀念你的沉默

○黄惟群

史蒂文是个沉默的人，他的沉默已经到了使人难堪的地步。每天七小时工作时间，与谁都不说话。他在这个公司工作了三十年，没一个朋友，也没一个敌人。在他漠无表情的脸上，人们看不出他的兴趣爱好是什么。他和他的太太是怎么恋爱的，几个孩子是怎么生出来的，别人更无从知道。他的存在，初时常常被视为潜在的危险，像一只不动声色的狼。可不用多久，人们便会发现对他的提防毫无必要，因为他实在是个无须担心也无须关心的人。

史蒂文到了退休年纪依然是个初级文员，这在公司的历史上是绝无仅有的。按他的资历，即便不是个部门经理，至少也该是个高级文员。究竟因为什么使史蒂文三十年的工作就像零一样，没人能够回答。

也就是到了下班前不久，佩蒂小姐提出：我们不能让他就这样离开。佩蒂小姐的话平衡了大家的心态，大家决定在楼下会议室里为他举行一个特别欢送会。

会议室里挂满气球与彩带，出席人数之多前所未有，踌躇满志官运亨通的、一毛不拔自私自利的、处心积虑计谋多端的……全都来了。

史蒂文被佩蒂小姐毫无商量余地地拉进会议室，面对众多的同事，他困惑不前。他习以为常地挪动脚步想要退缩到被人忽视的角落，可是佩蒂小姐挡住了他的去路。

总经理大人咳嗽两下正了正色后开始发言。面对会议室里一张张真诚的脸，他用朴素的语言称赞了史蒂文为人的成功，话语不多但却有血有肉，他甚至希望到了自己画上工作句号的那一天，也能受到这般大规模的真挚欢送。也许因为冲动，总经理大人说了一句引起大家注意的话，他说，二十年前他刚来这家公司时，史蒂文曾给过他热心的帮助。

史蒂文先生略低头，目光落在空白的地面，一如既往。

史蒂文的搭档兼上司、比他年轻 20 岁的部门经理派克先生接着发言。他不无深情地告诉大家，在他所见过、接触过、有过工作联系的人中，从没遇到过一个像史蒂文这样兢兢业业一丝不苟的人，他每天七小时面对他的电脑没有一点私心杂念，他经手的工作总是准确无误没有半点差错，准备的资料也都是最完善最可靠的。他还告诉大家，与史蒂文一起工作是件极为愉快的事，他是一个难得的人。

通常，对一个人的高度称赞有可能意味着对另一个人或另一大批人的贬低与污辱，但对史蒂文的称赞却没这种危险——没有一个人觉得有必要与他一争高下。

史蒂文先生依然看着他的空白。

年轻的佩蒂小姐参加工作不久，是公司中最年轻也是最漂亮的一个。她的生活中充满了鲜花、微笑、友谊与亲吻，以及稍稍有些挑逗意味的赞美。眼下，会议室的气氛干净、单纯得就像游泳池里的水，她被这种气氛所感动，她拿出了早已准备好的欢送卡，在空中晃了晃，以示大家注意。然后，她看了看史蒂文，翻开卡片，满怀深情地念道："我们将怀念你的沉默。"

佩蒂小姐的这句话本来具有一定的幽默意识，但是这一刻，不管念来还是听来都散发出浓浓的人情味，它说到了人们的心里。人人眼前出现了史蒂文几十年如一日面对电脑荧光屏的难能可贵的背影，出现了史蒂文平静的目光和他无声无息、与世无争的形象。也就是这一刻，人们开始感觉到史蒂文的沉默确确实实不可多得，尽管因为弱小而常常被淹没，但崇高、超脱，给社会、世界带来宁静，是人类免去恶性循环的动乱及刀刃相见的基本保证。

众多目光注视下，佩蒂小姐泪水盈盈地把话筒递给史蒂文。那一刻，会议室静得像午夜12点的森林，一双双眼睛却像夜幕中的星星，闪闪发亮。人们似乎在等待一道闪电、一声巨响、一场风暴。

“谢谢大家。”史蒂文接过话筒说了句。

大家还在等待下文，可是完了，史蒂文将话筒递还给佩蒂小姐。

有人带头鼓掌，有人跟着鼓掌，掌声渐渐地、零零碎碎地响起，最终响满了整个会议室。

夜　猫

○叶征球

临出门时，她对着镜子又仔细端详了一回。那个镜中女人，仿佛是从尘封的线装书里走出来的美人。柳眉凤眼之间，隐含着一丝忧郁，让人惊艳，又惹人疼怜。她知道，在金蝉小街，自己是一个最招眼的女人。漂亮，而且单身，仅有一只白猫做伴。

有一阵子，那猫儿白天懒懒地伏在窗台上晒暖阳，或独自扑戏花草间的虫蝶。但一到天黑就嚎叫，急促尖锐，像孩童撕心裂肺的哭泣，又像一位怨妇绝望的控诉，凄厉人，直嚎得人毛骨悚然。

平日里，她一直深居简出。

只是在这样的夜晚才出门，浓妆艳抹，怀里搂着那只乖驯的白猫，沿着幽深狭长的街巷，无声地远去。

没有人知道她去哪里，干什么，或者何时回家。

但街坊邻居耳朵都极敏感，她的靴子一步步，一声声，都踩在婆娘们的心肉上。于是她们便无端地发火生气，莫名其妙地骂伢崽："你再吵，再哭，就掐死喂猫去!"

然后斜睥男人一眼，再恨恨地吐两个字："骚货!"不知骂猫，还是骂人。

金蝉小街住的大多是平头百姓，过的也是平淡的光阴岁月。但那个蒙面色魔的复出，像巨石落潭，击起千层浪。前两年，色魔伤害几个妇女之后，便销声匿迹，一直成了悬案，悬在人们心头。

可怕的是如今魔鬼又出现了，而且先后糟蹋了两位夜行的姑娘。

恐惧像雾一样深深地弥漫着，晚上大家都足不出户。

只有这个聊斋女狐般的女子，无亲无友，还是抱着白猫，挎一个坤包，每夜款款而出。四周很静，静得只听见自己的呼吸和心跳。一盏盏路灯昏黄诡秘，将她孤零零的身影拉得很长很长，又慢慢地压得很短很短。

婆娘们都交头接耳，窃喜着。

深夜，一声凄厉的猫叫远远传来，然后是女人的呼救，在夜色中石破天惊。

金蝉小街沉默着，没了声息。

…… ……

第二天电视上就播出一条大快人心的消息，疯狂色魔被一个乔装成风月女郎的女刑警抓获了。

镜头转到医院病房里，领导、记者、警察、鲜花围满了一张病床。正是金蝉小街那个谜一般的单身女子，全身缠满绷带。她缓慢而艰难地说：“在当时最紧急危险的关头，只有我的白猫陪我一起，面对生死。”

说着，一颗泪珠悄悄地从她眼角滚落。

培养的用意

〇王琼华

尹从省城一家有色金属研究所下调到县里当了副县长，有了专车，也有了一名秘书。秘书姓丁名子。丁子跟尹副县长作了一番自我介绍，在政府办工作七八年，也当过一阵子秘书。他很谦虚地说："尹县长，如果我的服务工作不到位，请您多批评。还有，请多提要求。"

尹副县长也很谦虚地说："同坐一辆车子，同做一方面的事，算得上是真正的同事。不对的地方，我肯定会指出来。不过，我也给你提一个要求。说句实话，我也是初次为官，很多规矩不明白，所以，你要不断提醒我。"

丁子鞠了一个躬："一定当好参谋！"

这天，政府办通知尹副县长上午八点半到某局会议室主持一个会议。上次，尹副县长去过这个局，知道步行过去也就七八分钟。但他八点十五分就坐进了小车，催着司机开车。

丁子看了一下表，跟司机说："那就先到街上逛几个来回吧。"

尹副县长一愣："别折腾了。来了几天，我就把这小县城大街小巷弄清楚了。"

丁子低声说："尹县长，您不能早到会场。"

"哦?"

"去早了，您坐在主席台上等下属，这不行。您当领导的应该按时或者还可以稍晚一点儿到才好。”

尹副县长困惑。

丁子又把声音压低：“这叫权威。人家见了，才会敬畏你。”

于是，八点三十六分，尹副县长才进会场。此时，会场已坐满参会的部门领导。这是尹副县长第一次主持会议，他这么一进场，还哗啦啦响起了热烈的掌声。会后，丁子说：“这才叫成功地迈出了第一步。第一次这样，接下来就让他们有规矩可循。”果然，每次开会，他都要迟一点点，而且每次一进会场，都会赢得掌声。尹副县长也明白了，要是自己比其他参会人员早到，这掌谁来鼓呢？他想，看来每一次开会都来迟一点点倒是对的。

过了一段日子，又有一个会让尹副县长参加。

看看手表，还早，他便坐在办公室看文件。可丁子催着：“尹县长，这个会您还是早点儿去吧。”

“开会时间提早了？”

“没有。”丁子说，“今天县里几大班子一把手都要参加会议，您应该比他们早一点点到。”

这一次会议，他没有赢得掌声。但他鼓出的掌声赢得了四大班子一把手满意的一笑。于是，他也笑了，比自己赢得掌声还高兴。

不久，有一个会议需要尹副县长作重要讲话。他指示丁子写个讲话稿。过了一天，丁子把讲话稿交给他。他一看就糊涂了，丁子怎么写了两个讲话稿，大、小标题相同，里面的内容则有所不同。他问丁子是不是要自己从中选定一个。

丁子说：“不。这两个稿子，一个稿子印发给参会者，另一个稿子是给您念的。”

“怎么这样？”

“如果您照着念印发给参会者的稿子，大家知道是照本宣科，就会认为这是秘书写的。要是念另一个稿子，大家就会说领导有水平，脱稿讲比秘书的稿子还好。”

这是假象！

但他按照秘书的安排讲完后，果然掌声特别热烈。会后，参会者形成共识：尹副县长从上头来的，肚子里就是有“货”，讲话时既行云流水，又跌宕起伏，真正有水平！

尹副县长听到这些传到耳边的话，微翘着嘴角咂了一下嘴。

接下来，找尹副县长汇报请示的多了起来。当然，丁子也跟着忙碌起来，有点儿乐此不疲。尹副县长看在眼里，喜在心里：这小丁还真有培养前途。

这天，突降暴雨。西街子乡遭到五十年一遇的洪水袭击，冲倒了许多房屋。尹副县长一听，猛地一惊。他喊起丁子就要坐车赶往灾区。

丁子一时还没搞清目的，上车就问：“去哪里？”

“救灾去！”

“救灾？”丁子看了看尹副县长，谨慎地说，“尹县长，要不您换一件衣服吧，穿这白衬衣去不好。”

“没事没事，十万火急，还换什么衣服？”

“还是换一件吧，尹县长。”

“不换不换，脏了回来再洗。”

丁子只好把话挑明了：“尹县长，穿这么白的衣服下去，一旦上了电视，就与救灾场面很不协调。人家看了，觉得您不像是来救灾的。还是换一件颜色深一点儿的衬衣吧。”

尹副县长明白了丁子的用意，却又显得很为难：“我的几件衬衣都是白色的。”

“没事没事，让车在商场门口停一下，我马上给您去买一件。”

一会儿，丁子买了一件深色衬衣回来。

晚上看电视时，尹副县长才觉得丁子的话没错，自己在电视上的形象与灾区十分相称。

于是，尹副县长被人夸着：与灾区群众打成一片，这样的领导真正体恤群众。

年底又开一会，领导班子成员进行述职，部门领导还要投票评判班子绩效。尹副县长获得百分之九十八的称职票。县长很高兴，当即表扬尹副县长：称职票挺高，说明广大干部群众对你的能力、作风是充分肯定的、满意的。

尹副县长十分激动，当即表示："感谢组织上的培养!"但他心里最感激的一个人还是丁子。说一句良心话，自己之所以这么快赢得大家的认同，说来说去还是丁子"培养"有方。当然，这话不能直接跟丁子说。

会后，尹副县长已经几分成熟地跟丁子说："这一年你对我的工作支持太大了，好好干吧。"

丁子一如既往地谦虚一笑："请尹县长放心，我会努力的。说实话，跟有威信有能力的领导跑，我这秘书当起来也才有滋有味!"

尹副县长一愣，心里蓦然冒出一股说不出的滋味……

上学只要半小时

〇秦　明

一名研究生来到秦岭的一所希望小学支教。

上第一节课的时候，面对新来的老师，孩子们显得很拘谨。研究生为了活跃一下气氛，问道："同学们，告诉老师，你们来上学都要花多长的时间?"这招果然很灵，安静的教室一下子沸腾了，孩子们争先恐后地报出了自己上学所需的时间：最远的说要一小时，最短的也有半小时。"还好。"研究生点了点头，心想路程并不是太远。

从早上到下午，研究生一口气为孩子们上了七八节课。虽然累得快趴下了，可是他还是很开心，因为孩子们很好学，他们明亮清澈的眼睛里充满了对知识的渴望。放学时，研究生想，等孩子们一走，学校就冷清了，山里头，除了山还是山，不如趁天色还早，把孩子送回家去，顺便还可以家访，摸摸学生的情况。

研究生问："刚才谁说自己上学只需要半个小时呢?""老师，是我。"一个小女孩站了起来。小女孩个子不高，斜挎着一个小布包，包的布料非常粗糙，显然是用旧布做的。

"放学后先别走，老师送你回家，顺便去你家家访。"研究生说。一路上，小女孩在前面带路，研究生就问她喜不喜欢学校、喜不喜欢读书之类的问题。小女孩每次都点点头，小声地说很喜欢。聊开了，小女孩还告诉研究生，说她回家后会看书、洗衣服、拔草、喂猪、照顾弟弟。研究生听了，心里酸酸的，才12岁的小姑娘，却承载了这么多家庭负担。

天色开始暗下来，研究生不止一次地看表，从出发到现在，已经超过一个小时了，她家怎么还没到？研究生每次问小女孩，小女孩总是小声地说就在前面。终于，天即将黑了，研究生很严肃地问小女孩：“你不是说上学只要半个小时吗？现在我们已经走了一个多小时还没到，你怎么能对老师说谎呢？”

小女孩抬起头，泪水在眼眶里打转，很小声地回答：“我每天是跑着来学校的！”研究生感到空气一下子凝固了，他没有想到，山里孩子所说的半个小时是跑着来计算的。

小女孩没有再让研究生继续送她，而是自己撒腿跑了，一边跑一边喊：“老师，回去吧，你放心，我家就在前面！”

神　钓

〇庞　边

有道是“靠山吃山，靠水吃水”，住在海边的斐海生一辈子就靠海养活着。这片海不仅养活了他一个人，还养活了他的一家。

斐海生有一门绝技：钓鱼。斐海生钓鱼十分拿手，海边人称之为“神钓”。他的这门绝技，是海边人眼热而又没法子学得到的。这年头儿海鲜值钱，海鲜就是钱，抓到海鲜就抓到了钱，谁不眼热斐海生有这一门绝技?

斐海生置有一只舢板，作为钓鱼之用。舢板是靠人工摇橹行驶的，很小，在大海中看起来像一只瓢，很不起眼。但就是这只不起眼的瓢，每次出海都满载而归。

斐海生垂钓用三条钓线，抛下拉起，双手没一刻歇过。说也奇怪，经他双手摆弄过的鱼饵，一抛入水里，无论是鱼虾还是螃蟹，都抢着去咬，争抢的速度好像比赛似的，看谁咬得快，仿佛让斐海生钓了去是它们的一种荣幸。

十几二十年前，斐海生每次出海垂钓，总是满载而归。他把钓上来的鱼、虾、蟹，用海水养着，所以不管多长时间，回到岸边他的渔货仍然生猛。钓起小于三指的鱼，他全部放归大海。他这样做，一是要等鱼养大了才钓，二是小鱼不值钱。第三个最主要的原因，是舢板太小，载不下那么多。

说钓鱼钓到舢板载不下，这话多少有点让人不能相信，除非你亲眼看见。跟斐海生一起出海钓鱼的做海佬，他们就不得不信。他们发现，斐海生每次出海，总是钓什么有什么。那些鱼就好比他寄存在海里的一样，想拿时就去把它们钓回来。他们眼热，想学，可是怎么学也学不来。鱼饵是一样的鱼饵，用的都是从海边滩涂上挖来的泥虫，或者小虾。可是海里的鱼就像开过了会，商量好了，只咬斐海生的钩，不咬别人的。就算他们傍着斐海生的舢板一起抛钩，斐海生将钩抛哪儿，他们就抛哪儿，仍然没办法改变这种残酷的现实。气得他们骂骂咧咧，恨不得伸手到海里去抓。

他们问斐海生有什么秘诀，是不是对鱼饵念过了什么咒，或者用什么秘方配料拌了鱼饵，引诱鱼喜欢吃？

斐海生笑笑说："什么也不是，是鱼跟我有亲。"

这句话真是一句顶一万句，别人不好再问，也不好再说什么了。

斐海生靠了这门绝技，钓起了一幢小洋楼，钓起了一家八口的幸福。斐海生家里的人，一个个穿得那个光鲜，跟刚钓起来的鲮鱼一样，让人晃眼。

可是现在，斐海生从海里再也钓不到鱼了。他以为浅水里的鱼被人捉光了，于是用兄弟钩，用铅坠将鱼饵沉到海底，拖钓深海里的鱼。兄弟钩像一只八爪鱼，四面全是钩，哪一面都可以钓到鱼。

钩一变化，斐海生钓到的东西就多了。第一次起钓，他拉着沉甸甸的钓竿儿，以为钓到大鱼了。拉起来一看，却是一只可口可乐塑料瓶。瓶里装满了海水，至少有三斤重。鱼钩钩住瓶子的商标，将瓶子钓起来。斐海生拿起看了又看，骂了一句娘，欲将它扔了，想想还是放到了舱里。不管怎么说，这也是他从海里钓起来的"渔货"。

从此以后，斐海生就源源不断地钓上来啤酒瓶、破胶鞋、塑料袋、破衣烂袄，人们吃剩下的整条鱼骨，被揭去了一半的螃蟹壳。

斐海生变了，以前他是小鱼放归大海，现在是钓起什么都要。他把钓起来的东西全部拿回家，堆放在屋前的栅栏内。时间稍长，这些东西便堆积如山。收破烂儿的找上门来，问他这些东西卖不卖。

斐海生说："卖。只怕你出不起价钱。"

收破烂儿的说："啤酒瓶一角五分一个，塑料鞋三角五分一斤……"

斐海生没听完就骂起来："你说什么？啤酒瓶、塑料鞋？这些全是我从海里钓上来的生猛海鲜！"

收破烂儿的看了看斐海生，低声嘀咕一声："废佬！"

斐海生扬起手里的大碌竹（水烟筒），大声说："你说什么？海鲜你都不识，还有脸挑着担在海边走？"

收破烂儿的见了，慌忙挑起担子，落荒而逃。

黄昏渡

○临川柴子

荒郊野外有个小渡口，茅舍一间，小舟斜靠在岸边。渡口虽破，却有一个很诗意的名字——黄昏渡。渡口基本上只活动着摆渡人老何的身影，常常见他蹲在船边孤独地吸烟。

太阳西斜，一天又近黄昏。老何眯着眼，盘腿坐在船头，手里握着一个酒葫芦，脚旁放着两份菜，一素一荤。多少年了，老何的生活总是这样安静而孤单，可是他已经习惯了，自得其乐地活在他的孤单里。

突然，老何放下酒葫芦，侧着耳，脸上显露出兴奋的神情。多年的经验告诉他，有人走近了。

是个年轻人，走得很急，脸上的神色有些疲惫，背着一个大挎包，在黄昏浓重的影子里，像一只倦鸟。大爷，我要过渡。年轻人看到老何，看到荒郊野外的渡口，像看到一根救命稻草。

上来吧。老何热情地招呼。他当然热情，因为一年半载他也等不到一位客人。

年轻人上船。从年轻人上船的姿势中，老何一眼看出这小伙子不会水。他小心翼翼扶住船帮的样子让老何对他有些轻蔑。老何麻利地收起酒菜，将一支竹篙递到年轻人手上，脸上带着诡异的笑，走下了船。

大爷，你将我渡过去啊。年轻人不解地望着老何。

你自己渡过去吧。老何说。

年轻人说，我不会摆渡，你把我渡过去，要多少钱都成。

我这渡口的规矩，从来都是客人自己渡自己，虽然你是第一次来，但也得守我的规矩不是。老何说，任何人都得守规矩，不会摆渡你就现学。

今天我就得破破你的规矩！年轻人突然亮出一把刀，将老何逼上了船。老何觉得这情景非常熟悉，他在锋利的刀尖下拿起了竹篙。年轻人说好好把我渡过去，我不会要你的性命。老何默默地将船撑离了岸。

船箭一般地朝对岸划去，年轻人坐在船中央，双手紧紧地抱着他的挎包。老何轻蔑地看着这个年轻人，他知道年轻人只是表面上张扬，心里其实怕得很。老何狠狠地跺了跺船板，年轻人刚想发问，却看见一股河水突然从船底涌上来。

老家伙，你怎么把船弄漏了？年轻人抓着船帮，失声叫道。

这是条破船，不漏水才有问题呢。老何笑着说，年轻人，天堂有路你不走，你要栽到我老何手里，该你倒霉。

年轻人舞着刀子扑过来，老何却灵巧地跳入水中，顷刻间没了身影。年轻人望着泛起涟漪的河面，不知所措。

船舱里的水越来越多，船在一点点下沉，年轻人惊慌地抱着挎包坐在船边，绝望地看着湖水将自己的身体一点点淹没。

年轻人醒过来的时候，夕阳正罩在他的脸上，暖洋洋的。他动了一下身体，才发现身体已经不能动了，几道绳索捆住了他。

大爷，你放了我，那挎包里有钱，你想拿多少拿多少。年轻人望着一旁沉默不语的老何。

钱是好东西，可是我老了，不需要这个了。老何微微一笑。

大爷，你何必害我呢？年轻人绝望地垂下眼睛。

害你的是你自己啊。老何重重地叹了一口气。

警笛声隐约可闻，越来越近了，年轻人徒劳地挣扎了几下，然后无奈地低下头。

老何语重心长地说，年轻人，有人接你来了，我还是送你上岸吧，这河，你是渡不过去了。

几名警察向渡口走来，将年轻人铐住了。其中一名高大的警察紧紧握着老何的手：这人我们已经追捕十几天了，老何，你又立功了啊！老何憨厚地笑笑，望着警车将年轻人载走。

警车远去，渡口又恢复了平静。老何盘腿坐在船上，手里举着酒葫芦，继续着他的晚餐。一口热酒下肚，往事在他心中翻腾。那年，老何也是年轻人这般年纪，逃亡中重伤了黄昏渡的船夫，为此在牢狱里度过十多个春秋。从狱中出来，他的双鬓已开始泛白，人生的黄昏他翻然醒悟，主动要求去守黄昏渡，配合警方专门抓获漏网之鱼。

黄昏渡其实是警方设立的一个点，当年老何重伤的船夫也曾是一位犯人，他死后这渡口曾一度废弃，是老何让它活过来的。此后，老何在守渡的时候心里又多了一份希冀，他在等待一个人的到来。

锤子说明书

○刘康忠

锤子公司研制了一种新型锤子，含塑料与合金，个儿比鸡蛋小，打击力比榔头大，公司决定远销海外。包装，上船，一切顺利，到海关时，结果被扣了下来。

下面是锤子公司（以下简称锤子）与海关各部门交涉的纪录。

锤子：海关先生，本锤子价廉物美，手续齐全，符合两国人民的共同利益，请问为啥扣留俺们呢？

海关：入乡随俗。我的锤子朋友，这是中国的古话。在我们这里，大到航空母舰，小至油菜种子，都得配备产品说明书，锤子也不得例外。

锤子公司赶紧找人，起草了一份锤子说明书——本产品有两种基本用途，一是把钉子钉进去，二是把钉子拔出来。说明书印好了，送到海关。

海关：我的锤子朋友，这份说明书言简意明，恰到好处地介绍了锤子的基本功能，很好，我们马上签字。不过，在放行之前，还需得到安全委员会的同意。

锤子公司千恩万谢，立马赶到安全委员会（以下简称安委）。

安委：我亲爱的锤子朋友，非常欢迎你到这里做贸易，你一定同意，任何商品使用不当，都有可能引起人身伤害，锤子当然也不例外，是吧？请在锤子说明书上增加一些基本安全注意事项吧。

锤子公司在这方面没有经验，在安委的直接建议下，锤子公司聘了商务专业律师。律师说要增加儿童不宜、孕妇慎用等条款。锤子问俺们是锤子，又不是成人电影、黄色读物，为啥儿童不宜？律师回答，你们这种锤子个儿太小，万一儿童把锤子吞下去咋办？不仅儿童不宜，连十几岁的孩子都不宜，如果他们把锤子吞下去或者砸了手指，法庭上，你们吃不完兜着走。锤子又问俺们又不是打胎药，为啥孕妇慎用？律师回答，万一孕妇用了锤子，有个闪失，你们负得起这个责任吗？锤子诚恳地说俺们负不起。

最后达成协议，经商务律师修改的锤子说明书如下：本锤子有两种基本用途，一是把钉子钉进去，二是把钉子拔出来。不得用本锤子敲打另一锤子或者其他坚硬的物体，否则会导致人体尤其是眼睛受伤。少儿不宜，孕妇慎用。不得吞咽或用作其他用途，紧急情况，请到医院处理。因使用不慎而导致的一切伤害，责任自负，与本锤子无关。特此说明。

安全委员会很愉快地接受了修改后的锤子说明书，然而他们说印在纸上不算，用锤子的时候，谁看盒子呀，得刻在锤子上。问题是锤子表面积太小，连标点符号一百三十一个字，咋刻得上呢？锤子公司心急火燎又去请教商务律师。

律师说别急别急，没啥大问题。他们有政策，俺们也有对策，俺们还有两种选择呢。第一，用小号字。第二，干脆把锤子表面积做得大一些，比如榔头。锤子公司说俺们就用小号字。律师说小号字行是行，但考虑有年老眼花者，须配备一个放大镜才是，而且放大镜也需要一份产品说明书。

锤子公司领导正研究这一问题，是配放大镜呢，还是改做榔头，还没做最后的决定。

人家欧洲

○董玉洁

朋友游历欧洲16天回来，照例，我约上八九好友在一家星级饭店为其接风洗尘。

朋友一跨进饭店就脱下西服外套递给服务生，随同递过去的还有一张崭新的五毛钱小费。只可惜，朋友的绅士风度吓得服务员手足无措，不敢接纳。朋友尚未落座就语重心长地开讲："我先申明，欧洲无尘可洗！人家那叫一尘不染，一件白衬衣穿了一个星期，脱下来，上帝啊，比在国内刚穿上去还干净！"

他讲："人家那福利，瑞典、芬兰，生老病死上学读书一分钱不要，还管吃管喝管……"

他讲："人家德意志联邦共和国、法兰西共和国，城里乡下跑的全是世界顶级名车……"

他讲："人家那文明、人家那素质！卢浮宫，人家那么多人进去了，跟没人一样；中国一个旅行团进去了，那就是全世界的人都进去了，人家特意用中文告示'不要喧哗，不要随地吐痰'……上帝啊，作为中国人我的脸都没处搁……"

他讲："人家卢森堡大公国，个个能讲五六种外语……"

他讲："人家德意志人那个守时守信守规矩，三更半夜，一没车二没人，过马路还自觉地等红灯……"

他讲："人家荷兰，应该叫荷兰王国，那才叫民主、那才叫自由，你就想不出来有什么是禁止的……"

他讲："人家英格兰，吃面条都是用叉子卷起来送进嘴里，人家喝汤都是用汤匙一下一下地舀，哪像中国人端起碗来就灌，灌牛灌驴……"

火锅底的酒精燃尽了又添满，添满了又燃尽，菜凉了又热，热了又凉，鲜鱼汤结成了冻鱼糕，红烧狮子头摆成了陈年大力丸，朋友仍遗憾着、感慨着、痛绝着、愤恨着、面露红光着、唾沫四溅着、青筋暴跳着、振臂疾呼着、掩面而叹着、拍案而起着、捶胸顿足着……

"哎，人家那才叫发达、才叫先进、才叫文明……"

我鼓足勇气壮起胆，找缝插针，举起手里捏得差不多已经够穿过整个欧洲近现代史的酒杯，小心翼翼地提议："我看……我看我们是不是边喝边讲吧……"

朋友一拳擂下去，满桌的杯盘碗筷吓得瑟瑟发抖，俨然当年清政府见了洋枪洋炮。一个酒杯吓晕了，趔趄着倒下，我眼疾手快一把救住了小半杯"五粮液"。

朋友义愤填膺："酒！最能看出中国人的愚昧、无知、落后、窝里斗、自相残杀、毫无自尊自重自爱意识的就算这酒了！我在欧洲参观学习 14 天，合计 331 个小时，吃了 41 餐饭，中餐 15 顿，西餐 26 顿，人家每餐都是酒水放旁边，你愿意喝什么就喝什么，愿意喝多少就取多少，人家从来不劝酒，从来不劝！更没有灌酒一说，绝对没有！我在法国结识了一位朋友，英格兰人约翰·莱斯先生，人家那风度，吃饭只要小半杯红葡萄酒，礼节性地表示一下，那个得体、那个健康、那个文明啊！告别时，我们在一家大陆人开的中餐馆里答谢人家，我们劝人家喝酒，人家大惑不解，目睹几个中国人拼酒，人家惊得目瞪口呆，连连摇头……上帝啊，人家那叫一个文明……"

酒宴在悲愤、肃杀中草草了结，十条壮汉只喝了一瓶"五粮液"，我们还为自己的酒风不雅、纵欲无度而自愧、自责、自省。

一个星期后，朋友来找我，托我请人将他写的一封中文吊唁信翻译成英文。原来，他的那位在法兰西的英格兰朋友约翰·莱斯先生不幸去世了，英年43岁。

“人家、怎么、怎么英年早逝啦?！约翰·莱斯先生那么优雅、那么文明、那么……”我谨慎地措辞，发自内心地哀悼，我的哀悼不仅出自国际人道主义情谊，更发自对人家文明程度虔诚的敬仰和渴慕。

朋友犹豫了一下，低低地说：“喝酒、醉死的。”

“上、上帝啊，你不是说人家不喝酒吗？人家只礼节性地表示半杯红葡萄酒吗?”

朋友的声音忽地抬到比帝国大厦还高半层：“是啊，人家吃饭时绝对不喝烈性酒，人家是在酒吧里喝的!”

出售赞美

〇孔兴民

有人办了家骂人公司，可我想办一家赞美公司，专门为人提供赞美服务。只要你花几文银子（下岗工、低收入者和残疾人可享受五折优惠），你就能得到保质保量的由衷的赞美。

谁都喜欢别人赞美自己，就像谁都喜欢美丽的鲜花一样。赞美，可解除一个人的烦恼和痛苦，可使人心情愉快，极有益于被赞美者的身心健康。赞美，还可使人变得乐观，对自己的前途充满信心……赞美益处多多，然而你想得到赞美，却并不容易。古代，被赞美者，不是帝王将相，就是才子佳人。如今，被赞美者，不是当官当老板的，就是什么“家”，要不就是什么“星”，譬如歌星、笑星、球星等等。普通百姓，通常只有被贬损的份儿。我办赞美公司，就是想把赞美这种特殊的服务推向市场，以满足广大普通百姓对赞美的需求，让那些卑贱者、贫困者、无所成就者、模样丑陋者，都能像享受阳光一样享受到赞美。

我忙活了几个月，赞美公司终于开张了。开张不久，便有一位挺着将军肚的中年男子带着他的儿子来到公司，要公司为他十岁的儿子提供赞美服务。中年男子姓孙，是一家酒店的老板。孙老板对我说：“我儿子在学校念了三年书，竟从未得到过老师的一句表扬，老师说我儿子是‘朽木不可雕也’。今天我把儿子带来，你给我好好地表扬表扬。”

“像你儿子这样的孩子，不缺吃，不缺穿，缺的就是表扬。你儿子太需要表扬了，再不表扬，就真成‘朽木’了。哦，你儿子长得真乖，看样子挺聪明的。你瞧，他脑袋长得多大，比大科学家爱因斯坦的脑袋还大。好好培养，将来肯定有出息……”

我把孙老板的儿子大大地赞美了一番。我的赞美，让孙老板非常满意，到付钱时，他二话没说，就甩给我两张百元大钞。

我的第二位顾客，是一位其貌不扬的女孩。女孩表情忧郁，说话像哭似的：“我长得不漂亮，可我一心想让别人说我长得漂亮，我越是想让别人说我长得漂亮，我心里就越是感到痛苦。”

“你为什么这么看重外在的美呢？要知道，外在的美不是永恒的美，永恒的美，是内在的美。看得出，你是一位心地善良、性格温柔的女孩，如今像你这样的女孩，实在是太难找了。我要是没老婆，一定会爱上你……”

我这么说，让女孩红了脸。后来她告诉我，我是第一个对她说爱的人。

我的第三位顾客，是一位满脸皱纹的老太太。她坐下后告诉我，她年轻时长得非常漂亮，追求她的人不少，他们成天围着她转，像赞美女神一样赞美她。老太太说着叹了口气：“我现在老了，没人赞美我了，我到你这儿来，就是想得到你的赞美，让我再感受一下被人赞美的快乐。”

“你说你老了，不错，你是老了，可老了又怎样？年轻人有年轻人的美，老年人有老年人的美，你就具有夕阳一般的老年美，你要是去参加老年选美大赛，一定能夺冠……”

我说到这里，老太太笑了，笑得很开心，就像她真夺了冠似的。

我的第四位顾客，戴着一副近视眼镜，身体很瘦。我起初以为他是个知识分子，问过他后，才知道他是一家工厂的工人。他对我说：“我们厂不大，只有一百多号人。我们厂的厂长特别凶，动不动就训人。我在厂里挨厂长的训，回到家里还挨老婆的训。老婆说我一辈子不会有出息，说她嫁给我是她这辈子犯的最大的错误。”

“你老婆看不起你，你可不要看不起自己。这个世界可以没有那些风光无限的明星，却不可以没有做工的工人和种田的农民，这就像一个人可以没有身上戴的那些金银首饰，却不可以没有双手和双腿一样……”

我的赞美，叫“眼镜”不住地点头，他委靡不振而来，最后是挺胸昂首而去。

第五位顾客……

赞美公司开张后，生意特红火。而我以赞美专家自居，什么样的人想得到什么样的赞美，我自认为我非常了解，非常清楚。

一天下午，我接到一个电话，是一个女人打来的，她在电话里瓮声瓮气地说：“我是个有夫之妇。结婚前，我老公成天对我说好听的话。结婚后，我老公就慢慢地变了，如今我对他再好也得不到他的一句夸奖。我想让你代替我老公，在我和我老公第一次见面的地方，也就是翠湖公园的湖心亭，向我说说那些让人感到开心的话。你要是同意，我会加倍付钱的。”

我没有拒绝顾客提出的特殊要求。在约定的时间，我来到了翠湖公园的湖心亭。我万没想到，在湖心亭等着我的，竟是我老婆……

今晚 8:15

○蓝　乐

比尔是一家大公司的老板，年轻英俊，聪明能干，深得公司员工拥戴。他手下有个秘书班子，班子里有两位年轻的小姐，波拉和南希，都是比尔的得力助手。

这段时间，公司上下几乎人人都知道，比尔要提升两位女秘书中的一个，为秘书班子的负责人。因为据说比尔将要外出一段时间，离开之前，他想办好这件事。

于是，波拉和南希之间的关系，突然变得微妙起来。南希似乎还和从前一样，可波拉却暗暗较上了劲。

波拉想，既然是从我们两个中提升一个，机会来了，为什么不牢牢把握呢？而且这个职位确实值得争取，既有令人称羡的地位，又有丰厚的薪水，米来往往的都是有头有脸的人物，有修养，有情趣，说不准什么时候还会给自己送上一束鲜花，留下一瓶香水。当然了，还有一个更重要的原因，波拉对任何人都没有提起过，那就是她喜欢老板比尔。她打定主意，一定要把南希比下去。

于是，波拉对工作更主动了，处处注意讨比尔的好。有时候，比尔让南希做什么事，波拉都把它揽到自己身上。

一天，比尔走到南希面前，轻声问道："怎么样，飞机票能搞到吗？时间确实急了一点儿。"

南希显得很为难，对比尔说："是呀，我找了好几个人，都说时间太紧，没办法。要不，就考虑改期吧，再推迟几天，不是也一样？"

比尔耸耸肩，只好无可奈何地点点头。在场的人谁都看得出来，他显得非常失望。

机敏的波拉立刻站了出来："让我去试试，如何？"随后的半个小时里，办公室里几乎只有波拉自信而果断的声音："听着，我才不在乎你不得不取消谁的预订票……"她是在跟售票员说话，她把电话直接打进了票房。

说到波拉的办事能力，办公室里人人折服，就是那些身高马大的先生，也个个自叹弗如。不过，波拉有时候也会耍些小花招，只要是那些无名小卒来找她办什么事，她总是没空，若是对方缠紧了，她就会挺客气地推诿："不行啊，要不你们去求求南希吧。"

这样，波拉就有足够的时间来处理比尔交办的事情。在比尔的眼里，波拉永远都没有完不成的任务。

至于南希，在波拉的眼里，她除了长着一头漂亮的金发，会坐在那儿打字，还能干别的什么呢？她似乎生来就学不会使自己更受老板赞赏的那些花招。

波拉就是能干！一个小时后，对方竟然把票给波拉送来了。

波拉得意洋洋地走进比尔的办公室，比尔问："有机票吗？"

波拉递上一个纸袋，里面装着两张比尔要的飞机票，她极有分寸地提醒说："请别忘了时间，今天晚上8:15。"

"非常感谢！"比尔一边从纸袋里将飞机票抽出来放入衣袋，一边高兴地站起来，对波拉说："波拉，祝贺你，你将被提升做我的秘书班子的负责人。至于薪水，我会加倍给你，我将立即在全公司宣布我的这一任命。"

"真的？"尽管是企盼已久的任命，一旦真的来了，波拉还是显得非常激动。她拼命克制住自己，对比尔说："非常感谢您的赏识！我也为南希感到遗憾。”

比尔笑了，摇摇头：“这没什么，你不必为南希担心。不管怎样，南希生来就不是当秘书的料。”

波拉一愣，不明白比尔这话是什么意思。

比尔微笑着说：“我和南希要去度蜜月，今晚8:15动身。”

最后的富翁

〇陈　默

50岁的诺克为了改变自己的命运，坚持一个月买两次“慈善大派彩”。这天，他又买了彩票，竟然中了1000万美元！

诺克高兴得跳了起来，飞快地跑进厨房：“伊琳娜，我们中了！整整1000万美元！”说着，诺克把彩票递到了伊琳娜眼皮底下。

“我的天！”伊琳娜惊讶得说不出话来。她拿着彩票，认真地核实了一遍，确认诺克的确中了大奖后，她心里一酸，泪水哗哗地流下来。伊琳娜从小就有一个梦想，想去看看自由女神像。可嫁给诺克30年了，因为没钱，两口子从来没有机会走出这个偏僻的小镇。

他们兴奋异常地谈起领奖后的打算。最后，诺克告诉伊琳娜：“亲爱的，领奖要到华盛顿，我们可以路过纽约，看看你一直念叨的自由女神像，好吗？”

伊琳娜的心弦被拨动了，这愿望有30年了啊，诺克一直没忘记。

主意一定，诺克和伊琳娜就跑到银行，取出辛辛苦苦攒下的两万美元存款做上路的准备。临动身，诺克说他们还没照过结婚照，现在有了钱，正好可以补一补。伊琳娜当然不会反对，他们立即去了镇上最有名的影楼。化好妆后，诺克亲手替伊琳娜穿上洁白的婚纱，然后轻轻吻了吻伊琳娜。伊琳娜被诺克的温柔所感动，眼睛一下就湿润了。她依在诺克的怀里：“诺克，你很爱我，是吗？”

诺克动情地抚着她开始稀疏的金发："伊琳娜，你就是我的太阳，没有你的照耀，我的生命就不会有任何光彩……"

走出影楼，诺克又说他们结婚30年了，连小镇都没玩遍，这回一定要花几天时间，先好好看看小镇的风景。老两口随即调整了行程。

这是伊琳娜结婚以来过得最愉快的日子。整整一个星期，她和诺克不仅重温了年轻时的浪漫，也收获了人到夕阳时的别样情趣，更理解了诺克是多么爱她！终于，他们高兴地离开小镇，去华盛顿领奖去了。

诺克带着伊琳娜踏上了纽约市曼哈顿的自由岛，站到了自由女神像脚下，伊琳娜兴奋得直掉泪。接下来，他们又参观了曼哈顿岛的华尔街。看完肯尼迪机场后，诺克带着伊琳娜登上了豪华的海轮，经多佛去华盛顿。

到了华盛顿，找到家旅馆住下来后，诺克让伊琳娜好好睡一会儿，说等他洗完了澡后，再和伊琳娜上街去观赏夜景。等诺克走进了洗漱间，伊琳娜想好好整理一下背包里的东西。她发现了一个蓝色的小本子，打开一看，原来是诺克写的日记。这本日记记录的全是诺克中奖以后在小镇的生活。

读到最后一篇，伊琳娜的心一下子就绷紧了。

"亲爱的伊琳娜：30年了，我也努力地奋斗过，可一直摆脱不掉贫穷，这辈子，我是再也不能拥有足够的金钱让你幸福了。但我的承诺却像山一样压在我的心头！这次花掉我们一生的积蓄，让我们一起重温我们真挚的爱情，体验我们相扶相携的情感，把你骗出来旅游，圆你几十年的梦，我仿佛卸掉了一个沉重的包袱，感到了从没有过的轻松……"

就在这时，诺克裹着浴袍出了洗漱间，伊琳娜流着泪跑过去，把诺克紧紧抱在了怀里："诺克，我爱你……"

诺克轻轻地吻了吻她："伊琳娜，我也爱你，原谅我……"

回到家乡的这天，诺克竟然住进了医院，他患的是不治之症。伊琳娜抱着诺克泪如雨下："诺克，告诉我，这不是真的……"诺克轻轻捧着伊琳娜的脸说：“是真的，伊琳娜。我们虽然贫穷，但婚后相濡以沫，一直恩恩爱爱，想象中的千万大奖，为我的爱画了一个圆满的句号。我再也没有遗憾了！”

伊琳娜哭成了泪人。

三个月后，诺克微笑着走了。伊琳娜把他们补拍的婚纱照端端正正挂在客厅正中，又为诺克立了块墓碑，上面刻着：我永远爱的人，下辈子我还嫁给你！

遭遇“小刁民”

○顾亚红

经过两轮筛选，我终于杀进了教课决赛。听说决赛的地点定在启东中学，我就祈祷：千万不要让我遇上6班。可哪里想到，一个年级三十几个班呢，抓阄时偏偏那么巧——我抽到了6班。

我跟在评委孙老的屁股后面，低声下气地求他：“给我换个班行不?16班、26班或36班都成。”

孙老威严地咳嗽一声说：“凭什么你要搞特殊化啊？大家都像你挑肥拣瘦的，还比赛不比赛了啊?”

我硬着头皮上了6班的讲台。比赛的课题也是临时抽签定下的——《对不良诱惑说“不”》。上课之前的15分钟，可是关键得很。有经验的赛手会利用这段时间与学生沟通，营造氛围。我却手忙脚乱的。我尽量不去看讲台下那双似笑非笑的眼睛。这个“小刁民”。

“小刁民”还举了手，说：“老师，我有个问题想请教您，可以吗？我的妈妈迷上了网络游戏，经常通宵达旦地玩。您说说，有哪些好办法可以帮助她，让她也能对不良诱惑说‘不’?”

这个大胆的“刁民”。不能露怯。我迅速把球踢出去：“这位同学问得好。我们一起来帮帮这个同学的妈妈好吗?”

学生们发言很踊跃，出了好多主意。我有些得意，问“小刁民”：“同学们出了这么多主意，你觉得如何?”

我希望“小刁民”来两句场面上的感激话，就此偃旗息鼓，我甚至做好了进入下一个环节的准备。可“小刁民”说了：“我不满意。就拿那位同学说的‘避开诱因法’来说吧，对一般人可能会有效，但对我妈妈来说，却没有作用。我把妈妈的游戏软件放到回收站，她点还原所有项目，又玩开了。我清空回收站，她又去上网下载，除了把以前删除的文件再找回来之外，还有新的收获……”

我开始冒汗。这时，有个同学发言：“看来你妈的游戏毒中得还真深。抵制不良诱惑的方法不是还有‘联想后果法’吗？让你妈想想迷恋网络游戏的后果嘛。”

“小刁民”回答：“我妈说了，她忙完工作忙家务，也就剩这点乐趣了。如果连网络游戏也不让她玩，后果是了无生趣。并且还威胁我和爸爸，谁不让她玩，她就提前进入更年期。这个‘联想后果法’，对我妈也没用！”

又有同学站起来，建议用“专时专用法”，严格分配时间，规定好学习时间、锻炼时间、娱乐时间、休息时间。这样就可以抵制不良诱惑啦。

“小刁民”嘿嘿一笑，说：“我妈说了，她的学习内容就是网络游戏。她振振有词地说，她从玩斗地主中，学习到输与赢的辩证关系。她说她的锻炼内容也是网络游戏，因为玩游戏能锻炼眼耳手脑并用的能力。”

就听学生们笑：“你怎么摊上这么个赖皮妈妈啊？”

“小刁民”又笑：“就这个妈，还准备教育我要对不良诱惑说‘不’呢。哼，先把自己管好了再说。”

下课铃声响起来的时候，满头大汗的我对同学们鞠了一躬：“谢谢你们给我上了一课。我一定痛改前非。”学生哗然。

我指着“小刁民”，说：“她是我的女儿。我就是那个通宵达旦玩游戏的妈妈。”

比赛的结果是，我拿了一等奖。众评委说，这堂课，真实。

难兄难弟

〇剑枫寒

“我对不起嬴政，对不起刘邦，对不起李世民，对不起赵匡胤……”我站在操场上对着教学楼的方向大喊。天知道历史老师为什么会想出这个点子，让考试不及格的学生站在操场上对着教学楼喊历史名人的名字30遍。

想象着历史老师听见我喊的最后一句话时脸色发青的样子，我忍不住想笑。转过头，却发现有一个女生站在我不远处，脸微微地红着，似乎有点不好意思。

我有些奇怪，这里出现女生的情况一般不多。“喂，你对不起谁了?”我看着她，笑笑。

女孩看了看我，露出一排整齐的牙齿，也笑。

“我还以为女孩子通常只会对不起牛顿、伽利略、法拉第、哥德巴赫、陈景润他们呢。真是难得!”我也还她一个笑容。

“难得什么?”

“难得我能遇上一个难兄难弟啊。”

“难兄难弟?”女孩奇怪地重复着我的话。

“哦，差点忘了你是女孩。”我突然醒悟过来。

“女孩子就不能历史差吗?”女孩瞪了我一眼，“就这么说定了，以后我们就是——难兄难弟。”

“那，我们一起喊？”我笑了，指了指对面的教学楼。

“喊就喊！我对不起吕雉，对不起武则天，对不起文成公主，对不起王昭君！”

教学楼前，女孩清脆的嗓音和我的声音混杂在一起。喊了足足30遍后，我们相视大笑。

“对了，你刚才说的吕雉是谁？”我看看她，问道。

“汉高祖刘邦的皇后。”女孩笑了，“她和我同姓啊。我叫吕绮，高一（6）班。你呢，‘难兄难弟’同学？”

“我刚好和汉高祖同姓。我叫刘洛。高一（4）。”

从那以后，我经常会在万恶的历史老师办公室门口遇见她。一般都是她出来，我进去。看来历史老师的确很懂得分寸，知道男生和女生是不能在一起批评的。每次见面时，我们通常只是相视而笑，然后她走开，我硬着头皮进去接受历史老师的再教育。

出来时，发现她在门口等我。我们慢慢走到操场中心的草地上。我坐了下来，闷闷地对着草地，不时摘下一片草叶子发呆。

“怎么了？”吕绮在我对面坐了下来，看着我。

“你不郁闷吗？”我不禁有些奇怪了，“整天被历史老师以封建势力打击农民起义的架势批评？”

“我不郁闷啊。因为我才不信我的历史总会这么差！我要和历史老师打个赌，总有一天，我要让历史老师也站在操场上，大喊历史上著名的教育家的名字。”

“让历史老师在操场上喊历史上著名教育家的名字？”我兴奋起来，“这个主意不错。不过，历史上著名的教育家有哪些人呢？”

“嗯，有很多啊，古代的比如孔丘、孟轲、朱熹，近代的有蔡元培、陶行知……”吕绮数道。

当历史老师又把我揪到办公室时，我终于硬着头皮说：“我想和老师打个赌，如果我这次期中考试能考到70分以上，老师就要在教学楼前的广场上大喊三声‘我对不起孔丘、孟轲、朱熹、蔡元培和陶行知’。”

历史老师愣了一下，也忍不住笑了：“你胆子不小啊。历史永远不及格的刘洛说要考到70分……”

从办公室出来，我仍在后悔自己不该许下那么高的分数。

在吕绮的帮助下，我终于会总结绿林、赤眉起义的意义，也会应答玄武门之变对中国历史有什么深远影响之类的题目了。当期中考试终于到来的时候，我们相视而笑，相互击掌，走进各自的教室……

我从来没有像现在一样盼望着考试成绩出来。以至于忍不住躲到办公室的窗外去偷看历史老师的试卷改完了没有。从窗外看去，历史老师正在伏案工作。“报告!”门外传来了女孩的声音，是吕绮。

“进来吧，我的历史课代表同学。”历史老师喊道。

“老师，成绩出来了吗?”吕绮问道。

“恭喜你，‘吕雉’同学。你的阴谋成功了。”历史老师笑笑，“你的95分，‘刘邦’同学77分。”

我哑然了，眼睛很快就模糊起来。

小　站

〇津子围

老秦在小站上当了十六年的警察，他属于铁路警察，责任区很窄，流动性却很大。小站就像一个电影院，一列客车就是一场电影，“电影”上演时，三十年代建的“票房子”内拥挤喧嚣；落幕散场，小站冷冷清清。暑往冬来，老秦习惯了轰轰隆隆的机车和南腔北调的旅客，习惯了煤气与人体生理分泌物及各种食品混合的气味儿，他也由威风凛凛走来走去、四处投射警惕目光的小伙子，变成了行动迟缓、目光懒散的中年人。

下雪那天老秦当班。早晨老婆和他吵了一架，明年女儿就上中学了，老婆不想让女儿在小镇上读初中，老秦不肯这么早地去找关系。老婆说，我可不希望女儿像你一样没出息，一辈子囚在这个小地方。老秦不喜欢听这样的话，他说当初还不是为了你，我才来这个小站的。的确，老秦从警校毕业时，完全有机会留在路局，至少可以留在大站，为了照顾妻子的身体，他才来到这个小站。老婆说你还好意思说，当初我嫁你，还不是想离开这个小镇。老秦说别想得那么简单，说离开就离开啊？你的接收单位好找吗？有房子住吗？老婆说那要看你追求什么，你想都不想能有机会就怪了。老婆饭也没吃，带着女儿乘早晨六点的火车去了城里。

老秦接班之后就是一趟长途过站车，车还没进站，十几个带着大包小裹的民工就簇拥在检票口，他们大概知道这趟车停车的时间很短，就争先恐后，唯恐上不了火车。老秦知道那些人是种貂场的雇工，打了一年的工，该回家过年了。由于心情不好，老秦开始找他们的茬儿：“你们几个，过来!”民工们你瞅我我瞅你，目光里隐含了恐惧。“说你们呢，你，穿夹克的……把包也带过来!”穿皮夹克的青年迟疑地走了过来。“把包打开!”老秦的声音很平静，一点儿都不高调门儿，可平静之中隐藏着更多的严厉，仿佛他已经洞察了一切。的确，在一个逼仄的空间里用了十几年的“警察眼睛”，老秦练就了一双火眼金睛。“皮夹克”打开背包，尽管他不愿意，可还是被老秦在夹层里翻出了两块小貂皮。老秦一手按着枪套，一手对民工们指点着：“看到了吧！你们自己动手，把不该拿的东西都拿出来。”“皮夹克”解释说，这两块貂皮是场主发不满工资，顶账的。老秦当然不能相信他的话，命令民工把隐藏的东西都拿出来。这样拉扯期间，火车进站了。老秦不放他们，他们当然不敢离开。车开过去了，民工也和养殖场的场主联系上了。“一场误会。”场主在电话里说，“不过，还要感谢您，您很负责任。”老秦有权利检查，民工也觉得警察检查他们天经地义，他们不敢怀疑老秦的执法。尽管他们落下了火车，改坐下一趟车，那趟车需要倒车折腾，车票也出了问题。可事情毕竟搞清楚了，他们反而觉得十分庆幸。临走，皮夹克还递给老秦一支烟说：“我理解，这是你的分内。”

老婆下午五点来了电话，老婆告诉老秦事情有眉目了，“你猜怎么着？我碰到你一个同学，他正好在育才中学当教务主任。今天晚上我们就不回去了，明天要面试。你同学说了，面试也就走个过程。”放下电话，老秦不理解，听老婆的声音好像早晨根本就没吵过架似的。不过，接下来的时间里，老秦的心情还是发生了变化，晚上吃了两大碗面条，还五音不全地跟着电视唱歌。

晚上九点是最后一趟客车，老秦例行公事地走出值班室。候车厅里，稀落着七八个旅客。这时，老秦一眼就盯上了“吊眼梢”。那人的眉眼很特别，故作平静的眼神儿游移和躲闪着。老秦走到“吊眼梢”身边，“吊眼梢”故意低头抽烟。老秦知道，“吊眼梢”无疑是个贼，本想把他叫到值班室，不过，今天他的心情很好，再说，他没抓到“吊眼梢”犯罪的“现行”，盘问不出什么结果还得放人。转了两圈，老秦就目送“吊眼梢”离开了车站。

“吊眼梢”消失了，老秦想起刚当警察那年抓过的一个扒手，那个家伙也长了一个“吊眼梢”，老秦跟踪他好几天，终于把他抓住了，把他送进了监狱。那人被抓时偷了二十五元钱、三十斤粮票。那个时候老秦没经验，现在不同了，他觉得他一眼就知道对方是什么货色。

就在那天下午，养殖场被一个贼血洗了，场主在反抗过程中被刺中了肺部，抬到医院不久就死了。几天后，老秦看到通缉令上的照片，他一眼就认了出来，是那个面孔稚嫩的“吊眼梢”。老秦叹了一口气，目光如冬日的天空一样混沌而阴郁。

蓝色的连衫裙

〇靳　希

1909 年的春天来到了俄亥俄州的克利夫兰城，可是，没能给盖特街带来新面貌。邻近的那些漂亮街道上的住户们都已忙开了：拾掇闲了一冬的小园子，粉刷、油漆房屋，为夏天准备好剪草机……可盖特街却仍是老样子，又脏又乱。

盖特街是条短街，但走过这条街的人都嫌它太长了。当然，住在这儿的人都没多少钱，穷人的要求是不多的。

他们有时能找到点活儿干，有时为找工作而奔波；他们的屋子多年没有油漆粉刷了，院子里连自来水也没有，盖特街的住户只好到街角去提水。

街上的景象当然好不了——没有人行道，没有路灯，街道一头的铁路线给这儿增添了更多的嘈杂声和尘土。

春天来了，别的街上去学校读书的小姑娘们都穿上了漂亮的新衣裳。但是，这个盖特街来的小姑娘还是穿着那件已穿了一冬的脏罩衫，也许，她只有这一身衣服？

她的老师深深地叹了口气：多好的小姑娘啊！她学习起来可真用功，她懂礼貌，见了人总是笑眯眯的。可惜，她的脸从来也不洗，还有一头蓬乱的头发。

一天，老师对这个小姑娘说："明天你来上学以前，请你为我洗洗你自己的脸，好吗？"老师看得出，她是个漂亮的小姑娘。

第二天，漂亮的小姑娘洗干净了脸，还把头发梳得整整齐齐。放学时，老师又对她说：“好孩子，让妈妈帮你洗洗衣服吧。”

可是，小姑娘还是每天穿着那身脏衣服来上学。她的妈妈可能不喜欢她。老师想。于是老师去买了一套美丽的蓝色连衫裙，送给了小姑娘。孩子接过这礼物，又惊又喜，她飞快地向家里跑去。

小姑娘穿着那套美丽的衣服来上学了，她又干净又整齐，兴高采烈地对老师说：“我妈妈看我穿上这身新衣服，嘴巴都张大了。爸爸出门去找工作了，可是没关系，吃晚饭时他会看到我的。”

做爸爸的看到穿着新衣服的女儿时，不禁暗暗说，真没想到，我的女儿竟这么漂亮！当全家人坐下吃饭时，他又吃了一惊：桌子上铺了桌布！家里的饭桌上从来没用过桌布。他不禁问：“这是为什么？”

“我们要整洁起来。”他的妻子说，“又脏又乱的屋子对我们这个干净漂亮的小宝贝来说，可不是好事。”

晚饭后，妈妈就开始擦洗地板，爸爸站在一旁看了会儿，就不声不响地拿起工具，到后院去修理院子的栅栏去了。第二天晚上，全家人开始在院子里辟了一个小花园。

第二个星期，邻居开始关心地看着小姑娘家的活动，接着，也开始油漆自己那十多年未曾动过的房屋了。这两家人的活动引起了更多的人的注意，于是，有人向政府、教会和学校呼吁：应该帮助这条没有人行道、没有自来水的街上的居民，他们的境况这样糟，可是他们仍然在尽力创造一个美好的环境。

几个月后，盖特街简直变得让人认不出了。修了人行道，安上了路灯，接上了自来水。小姑娘穿上她的新衣服的六个月后，盖特街已经是住着友好的、可敬的人们的整洁街道了。

得知盖特街变化的人们管这叫“盖特街的整洁化”，这个奇迹愈传愈远。

当老师送给一个小女孩一套蓝色的新衣裳时，谁能料到会引起什么奇迹呢？

上帝的谈话

〇冯有才

约翰是一个小偷，可以说，他的专业技术到了可以用炉火纯青来形容的地步。在同行业中，在同出一门的师兄弟中，他是唯一一个没有被逮住过的人。因此，在这一行中，他的声望相当高。他也口出狂言，天下没有他拿不到的东西，也没有他进不了的房子。

这天，他在镇上的酒馆里喝酒，正巧碰到了他的朋友比尔，一个不久前从监狱里放出来的师弟。先是拥抱了一阵，然后两人边促膝交谈边喝酒。比尔告诉他，在这个小镇教堂对面的那条街的街中间，有一户门牌号码为××的人家，家中有几万美元的现金。他问约翰："我的朋友，你敢不敢去?"约翰轻蔑地笑了，回答道："为什么不?"

"可是他家里养了一条很凶很凶的狼狗!"比尔提醒道。

"这不是问题，我的朋友。"约翰很自信。

第二天晚上，约翰就带上了他的宝贝万能箱，朝街心走去。很奇怪，整条街都是漆黑的，只有街心有户人家亮着灯，而且这家就是他所要找的那户人家。

他先是把安眠药涂在肉上，然后扔在了狗的面前，不一会儿，狗便倒下去了。接着他熟练地打开了内室的门。外屋里的人还没有睡。但这并不影响他的工作，因为他知道一个出色的小偷，是不会在意工作时外界的环境如何恶劣的。凭着他过硬的技术，他很快拿到了钱，确确实实是几万美金。他很奇怪，家中有这么多钱，可这户人家的防盗措施竟会如此地差。这就勾起了他的兴趣，他把耳朵“伸”到了外屋门边，想一探究竟。

“我说，老头子，咱们是不是该花钱请个保姆啊，咱们两人的眼睛都瞎了，总这样熬下去，也不是个办法啊！”屋子里传出一个苍老女人的声音。

约翰的心一惊：既然是瞎子，又为何整夜亮着门灯？这就更加勾起了他的兴趣。

“是啊！老婆子，应该这样，可是，咱们现在的日子都不好过了。哪来的钱请保姆呢？”一个老头子紧跟着回答。

“儿子空难后，航空公司不是赔了几万美金吗，为什么不用这些钱？”

约翰的心一沉，用牙齿咬了咬嘴唇，继续听下去。

“你疯啦！老婆子，你怎么忘了，我们不是说好用这些钱给镇子里的孤儿们盖一栋房子的吗？”

约翰的心一震。

“是啊，你看我这记性。可是，咱们也得花钱交电费啊，门口的灯整夜亮着，很耗电哪！”

“没关系，只要别人在这条街上走路不摸黑就行了。你也知道，这条街上的路很难走的，又是夜里，万一行人跌了跤怎么办？还有咱们的‘儿子’克拉尔，虽然它每天都要骨头喂，但是只要咱们每天多糊两个小时的纸盒就行了，这日子还是能过的啊。有了克拉尔，行人就不用担心这条街有强盗了啊！”

“是啊！也只好这样，谁让咱们年轻那会儿只养了一个儿子呢？早知道今天，还不如当初多养一个呢！”老妇人抱怨道。

“别说了，咱们还有这么多纸盒要糊，快干活儿吧！”

当晚，约翰坐在门口流了一夜的泪。他是个孤儿，被领养后不服新爸爸对他的管教，一怒之下，偷跑出来，才干上了这一行。

第二天，老夫妇的门口留下了两样东西，一样是他们的几万美金，另一样则是一个很小巧、很别致的保险箱。

从此，在这个小镇上，就再也没有人看见过约翰。约翰神秘地消失了，没有人知道他去了哪里。

真　相

○江　勇

当王枫走出宝丽莱大酒店时，已经是午夜了。他发动了车子，车内萦绕着美妙的钢琴曲，车外是瓢泼大雨。有几分醉意的王枫一边开着车，一边享受美好的夜晚。从一个开小车的司机到今天开着自己的奔驰车、拥有千万资产的本市建筑业龙头老大，这一变化足以让许多人惊叹和眼红。

王枫把车开得很快，他喜欢这种让人心跳的感觉。这是一条通往郊外的公路，来往的车很少。再过几分钟，就是锦绣别墅园了。洗个热水澡，然后美美地睡个好觉，是王枫现在最想要的。车下坡了，突然，王枫看到路上横着一个黑糊糊的东西，天哪，是一个人！可是已经晚了，车径直轧了过去，王枫明显感觉到车颠了一下。一阵刺耳的急刹车声后，车停住了，王枫的酒也醒了，他双手死死地抓着方向盘，没有下车。尽管他见过许多血腥的交通事故，但这一次是最不敢看的。

他想报警，但一想到酒后驾车肇事的罪名，他就把自己和罪犯联系在了一起，而且过几天就是市政府办公大楼的建设招标会了，那可是一块让人眼馋的肥肉！只要他拨通报警电话，这一切都会成为泡影。作为一个精明的商人，他知道该怎么做。天下着大雨，又是半夜里。想到这些，王枫重新发动了车子，箭一般飞驰而去。

接下来的两天，外表镇定的王枫是在惊恐中度过的。他买回了所有的报纸，然后仔细查看每张报纸。让他感到意外的是，没有那起事故的报道。也许根本没有发生过事故，只是自己的幻觉而已——王枫宁愿那样去想。

第三天晚上，王枫接到了一个电话，电话是一个神秘男子打来的。

他用低沉的声音说：“我应该称呼您王总吧。哈……哈……”这笑声让王枫极不舒服。

“你是哪位?”

“我嘛，只是个过路人，不过我看到了一起很平常的交通事故。虽然那天天很黑，雨也很大，但车牌号却很清楚。我想你比我记得更清楚吧!”

神秘男子说得很慢，王枫却流汗了。他没有说话，他在等着下文。

“我已经帮你处理了一切，包括那具倒霉的尸体。不过现在，我还没有打算把这些告诉别人，如果有让我满意的一笔钱，我相信自己会很快忘掉这件事的，不然……我嘛，或许，会把下一个电话打往报社，那一定是头条好新闻啊！好了，我想我今天说得够多的了，我们下次再聊吧！哈哈……”

又是一阵阴森的冷笑，神秘男子挂断了电话。

王枫抓着电话站了好久，然后虚脱的身体倒在了沙发上。

几天后，王枫亲自去银行，往一个指定的账户里存进了十万元。他已别无选择了。

一年后，由王枫承包建设的市政府办公大楼竣工了。在宝丽莱大酒店，王枫宴请了建筑业的同行和政府要员。席间，在酒精的刺激下，大家谈兴很浓。市公安局梁局长说起了一件案子：

“不久前，市局破获了一起诈骗案：两个诈骗老手弄来动物的尸体，给尸体套上人的衣服，然后在半夜把尸体横放在郊外的公路上，伪装成人的样子，他们则躲在路旁。当有速度很快的车子轧过去后，一般司机都会以为是轧了人，下车查看，自然是虚惊一场；如果是违章开车的，通常是不敢下车的，他们认为半夜没有人，正好是逃跑的好机会，于是溜之大吉。这些自以为精明的人恰好是诈骗犯诈骗的好对象，诈骗犯就是利用肇事逃逸者心虚花钱消灾的心理，大肆进行诈骗。据查，他们已经成功诈骗了多次。虽然案子破了，但案犯仍然在逃。”梁局长说完这些，夹了一块香酥鸭塞进了嘴里。

“这正应了那句话，聪明反被聪明误啊！”吴副市长意味深长地说道。

大家听后都哈哈大笑起来，只有王枫，这个众人公认的精明人，怎么也笑不出来。

恻隐之心

○澜　涛

汉斯一家住在森林深处，他们靠打猎为生。日子虽然过得并不富足，但对于汉斯来说，他已经很满足了。因为温柔漂亮的妻子和一对顽皮可爱的孪生儿子已使他别无奢求了。

这一年的初冬来得似乎特别早，汉斯早早披上了皮袍，坐在院子里开始擦拭他心爱的猎枪。随着寒风的呼啸，汉斯隐约听到不远处的森林里有动物出没的声音，他竖起耳朵凝神听了一阵，抓起猎枪向森林里跑去。汉斯用鹰隼一样的目光在森林里搜索着，最终他在一片柔如秀发的草甸上看到两个黑影在晃动。凭着猎人的敏感，汉斯知道那是两只黑熊。汉斯抑制不住内心的狂喜，他想：在这个季节，熊皮和熊掌可是能够卖上上好的价钱的。看上去那两只黑熊似乎小了点，但毕竟有两只啊。今天真算我走运！

汉斯悄悄向目标靠近了一段距离，然后，他侧身躲在一棵大树后，把乌黑的枪管对准了目标。他没有急于开枪，而是以一个成熟猎人的稳健在等待最佳时机——他要“一弹双熊”。汉斯耐心地等待着，他感到自己托枪的手臂有点发酸，而那两只黑熊还是毫无察觉，它们似乎不像在觅食，而像在无拘无束地尽情嬉闹。突然，汉斯看到那两只黑熊抱成一团。“哎呀，天赐良机！”他险些叫出声来。汉斯闭上一只眼睛，把头俯在枪托上。手指果断地压在了扳机上，他知道只要自己的手指一动，那两只黑熊就会变成自己枪口下的钞票。汉斯果断地扣动了扳机，但出乎意料的事情发生了，猎枪没有任何动静。汉斯一惊，嘴里狠狠地嘟囔了一句："真他妈的倒霉!"随后他放下猎枪开始检查。最终，汉斯找到了原因，原来自己发现猎物后，一直都处于兴奋状态，竟然忘了给枪装弹药。这对于他来说，真是破天荒头一次犯下的大错。他懊悔地捶捶自己的脑门儿，装上子弹。

汉斯用黑洞洞的枪口严密地监视着黑熊的一举一动。那两只黑熊时而在草地上翻滚，时而追逐打闹，它们泛着光泽的毛上粘满了枯黄的草叶。这时，那两只黑熊不动了，它们似乎有点累了，就用毛茸茸的爪子互相给对方抓身上的草叶。在汉斯眼里这两只憨态可掬的小熊越来越可爱，越来越聪明了，他从来没有见过这么可爱的小家伙。汉斯的心在震颤，他完全被这两只可爱的小熊征服了，他已没有勇气把枪口对准这两个幼小的生命了。汉斯转过身靠在树干上，沮丧地闭上眼睛，然后缓缓把枪口对准了天空。猛然，他发泄似的扣动了扳机，只听"砰"的一声，枪声震得树上的枯叶如蝶飞舞。随着枪响，那两只小熊猝然停止了打闹，只见它们迅速褪去身上的熊皮，竟露出两张顽皮的笑脸。他们一边跑一边呼喊："爸爸，你在哪儿？我们爱你……"汉斯回头一看，顿觉头晕目眩，险些栽倒。他定了定神，抓起地上的猎枪一折两段。

网虫父子

○张运涛

早晨起床，儿子缠着我问小宝宝是从哪里出来的。我小时候深信自己是从床底下刨出的，然而看看脚下的楼板，只得改口："是网上下载的!"

匆匆忙忙地送儿子到学校，儿子不愿进去——他迟到了，按规定要对全班同学讲出合理的理由。我想了想，只有这个原因既合理又诚实："就说系统昨夜遭黑客袭击，今早启动不正常。"

中午儿子沮丧地回到家："老师总是为难我。语文老师问什么是克隆，我一时想不出就说，等一会儿，我正在搜索。他却让我站了一节课！数学老师问，怎样用昨天学过的知识使一个自然数等于零？我说最小化它，他说我捣蛋！自然老师问如今最常见的三种动物是啥，我脱口而出是雅虎和搜狐，第三个一时想不起来了……"

"网虫!"我接口道，"老师不是为难你，可能你和老师的操作系统不兼容。"

"可不，老师非要你下午登录她的办公室，号码是3012。"

到了3012，我又习惯性地双击门框，想验证对方是否接收。坐在老师的对面，她那肥胖的方脸就像一个屏幕，我的双手下意识地在膝盖上敲个不停。老师见此，奇怪地问："你怎么了?"

"和你聊天儿呀!"

"难怪你儿子上课时总是用手点击课本的右上角，他该不是总想放大它吧?”

我似有所悟:“他对正方体框内的东西习惯了,赶周末我给他配一副眼镜框。”

“要大屏幕的,液晶的。”儿子趁机接过话,“最好别赶在周末,人多,注册难!”

我一边答应着老师回去后给儿子先做个系统检查,再配置相应的程序来解决他学习不专心问题,一边想着怎样去关闭这个比广告条还讨厌、不愿离线的方脸……

晚上儿子回来后又是一通埋怨:“老师提问时,没反应吧,他偏点我;有反应吧,他又说我非法操作。下午老师的问题没有人应答,可能是系统忙。老师又点我起来介绍上午为何从座位上弹出那么多次。我回说我不怕出错,只要轻轻一按 Delete 键,一切都可以重新开始。这会儿我的大脑懵懵懂懂地没法答题,可能是超频运转所致。他又是一顿责骂!”

我想,这孩子的 CPU 配置可能太高,操作系统也该换成 WindowsXP 了。

“看你的签字,老师说不明白!”儿子嘟哝道。

我接过文件一看,发现我在是否同意孩子参加“一帮一”活动栏写着:加为好友。谁让这张瘦长的条子那么像 QQ 的界面!

晚上正在冲浪,妻子怒气冲冲地冲进来:“咋打开这么慢?”

我说:“没听到啊,你多刷新两遍不就行了,怎么会慢呢?我已经改成 ISDN 链接了……”

“链你个头!儿子发高烧,好像是病毒性感冒。”我一摸孩子的额头,烧得厉害。我记得书上好像说过超频运行容易导致高温。我安慰妻子:“甭急!我这儿有刚刚下载的最新杀毒软件,不会有什么文件损失的!”

差别咋就这么大呢

○温　涛

俺没啥文化，可认得字，平时爱看个名人自传啥的。看得多了，总觉得那些名人小时候也没啥了不起的，都跟俺差不多，有时还不如俺呢。不过人家为啥后来就出名了呢？俺一直都闹不明白，同样都是爹妈生的，后来的差别咋就这么大呢？

人家列宁小时候打破过他姑妈家的一个花瓶，俺也打破过三姨家的一个，不是花瓶，是碗。可人家列宁认了错儿还落了个诚实的美名；俺也认了错儿了，却挨了俺三姨的一顿臭骂，回去又挨了俺爹的一顿板子，现在想起来屁股都还疼。后来人家列宁因为他的诚实在全世界都有名，俺现在凭着一张嘴，就是说假话的本事在村里倒也小有名气。

俺小时候也跟达·芬奇一样爱画画，俺敢说俺画的鸡蛋绝对比达·芬奇的还圆。人家达·芬奇画得不耐烦了还有一位艺术大师劝他继续画；可俺画得正起劲儿呢，却被俺娘边拧住耳朵边骂道："小兔崽子，再敢往墙上乱画就让你爹剁了你的狗爪子！"后来人家达·芬奇画啥像啥，可俺现在呢，画匹马咋看咋像骆驼。

俺小时候也爱看星星，就跟人家开普勒似的。可人家开普勒从小就晓得什么是科学；俺姥姥一有时间就给俺讲月宫里的仙女和玉兔的故事，还说等俺长大了，把月亮里的仙女娶回来给俺当媳妇儿。后来人家开普勒发现了什么行星运动三大定律，俺直到现在才闹明白原来自己上了当，月亮上根本没有那个名叫嫦娥的女人，自然也不会有什么兔子。

达尔文打小就爱养个小虫、小鸟啥的，俺也是。人家养啥都成，可俺费了好大劲儿养了一盒蚕宝宝，就为看看它们是咋吐丝结茧的，结果却被俺娘统统给喂了鸭子。后来人家达尔文完成了《进化论》，讲的全是“物竞天择，适者生存”的大道理；俺也打算写本《天敌论》，就写“蚕的天敌中包括凶狠的鸭子，但是最可怕的天敌还是俺娘……”

俺甚至还跟贝多芬似的摆弄过几天乐器。不过人家玩的是钢琴，俺玩的是口琴。甭管啥琴，反正都是琴。可人家贝多芬他爹每天都玩命似的逼他练琴。俺爹呢，三哄两哄就骗走了俺的口琴，送给了俺姑家的孩子。后来人家贝多芬闭着眼睛都会作曲了，可俺现在闭上眼睛就只会做梦。

俺吃饱了没事干时就爱躺在苹果树底下看蚂蚁上树，有一回也被树上掉下来的苹果砸过，可人家牛顿咋就琢磨出一个万有引力呢？俺寻思，牛顿要是生在咱中国，就肯定不会发现万有引力了。你想啊，咱中国的学生不都是天天被关在教室里啃书本、做习题吗？苹果掉下来砸谁去呢？不过那牛顿也挺幸运的，被苹果一砸就砸出一个万有引力来，要是他当时是躺在一棵椰子树下的话，那么砸出来的恐怕就该是脑震荡了。

俺现在一把年纪了，这辈子是没啥出息了，可俺真的希望中国能出一个爱因斯坦。可俺又明白，就算中国能出100个爱因斯坦，有50个在小时候就被家庭教育给干掉了，另外的50个又被接下来的学校教育模式给一锅端了，所以中国没能出现爱因斯坦！你还别立刻就摇头否决，各位最好还是仔细琢磨琢磨，看俺说的在理不？

最后一个魔术的秘密

○王小艾

魔术师汤尼和简是在一次酒会上一见钟情的。他们爱得热烈、绚烂，都认定了对方是彼此的终身依托。为了这段美丽的爱情，简离开了生活了22年的西班牙，随汤尼去了美国加利福尼亚生活。

简是一个对生活一无所知、连路都分不清楚的小女人。汤尼像宠女儿一样爱着简。无论简到了哪儿，他都会陪伴在她身边，要是他有事，就会给她找到地图，画好路线，帮她把手机充好电，甚至坐车的零钱都为她准备好，对她照顾得无微不至。

就这样，十年过去了，他们相继有了儿子和女儿，一家人过得很幸福。简总是很幸福地对朋友说，自己的生活真像一场梦，甜蜜而温馨。她爱加利福尼亚，爱汤尼和孩子们。

渐渐地，简听到了汤尼的很多绯闻，但是简始终不相信汤尼会这样做。可是有一天，邻居却告诉她，看见汤尼和一个女人很亲密地进了酒吧。她不信。但是当晚汤尼果然很晚才回家，简躲在窗帘后面，看到汤尼坐在一个妙龄女子的车里，分手时他们拥抱在一起。

简愣住了，感觉当头一棒。如果失去汤尼，生活又有什么意义呢?

回忆这么多年来，自己真的是什么都不懂得，除了在家里带孩子，其他什么都不会做，甚至连饭都煮不好，出门在外还经常迷路，生活中的一点一滴都必须依靠汤尼。天哪，原来汤尼为自己付出了这么多，他一定是觉得累了，所以现在总是借口加班，只是想从别人那里找到慰藉。难怪他最近总说安吉拉太太做的饭好吃，说凯瑟琳小姐变得成熟懂事，原来都是在变相地指责自己啊。

她黯然神伤地看着穿衣镜中的自己，陷入沉思。但最终她什么也没有问汤尼。在大哭一场后，简开始改变自己，学会生活和关心汤尼，要把他从别人手上抢回来。

她开始跟着电视或菜谱学做菜，汤尼和孩子都很惊奇。尽管她刚开始做得比较难吃，而且笨手笨脚，还经常烫到手。但是她对做饭极有天赋，不久就能做出味道极好的饭菜了。她也发现只要用心去观察，记住任何一条路线都是轻而易举的事情。她成了一个出色的主妇，不再依赖汤尼。

出人意料的是，此时汤尼却越来越依赖她了，甚至连打什么颜色的领带都要她来安排。与此同时，他也越来越喜欢待在家里，晚回家的现象越来越少了。

有意思的是，简的好强心一旦被激发出来，她就停不下来。她不再满足待在家里做家务，她想出去工作。虽然汤尼挣的钱足够养活整个家庭，但是她仍要自己去挣钱，这样她会觉得自己是个出色的女人。终于，她找到了一份翻译的工作。她变得越来越自信，越来越有魅力了。她不仅深深吸引住了汤尼，甚至连很多别的男人也被她吸引住了。

外遇风波就这样销声匿迹，汤尼依然是个好男人，简在心里原谅他了。他们依然继续着热恋般美好的生活。

厄运降临得非常突然，半年后，汤尼因为肝癌不幸去世了。简在极度的伤心后，按汤尼的遗嘱，打开了保险柜。里面有他的全部的财产，都已经转到她的名下了。在一个精美的大信封里，简意外发现了一封汤尼半年前写的信：

亲爱的简：

当我知道自己得了癌症，我的第一反应是你和孩子怎么办？你的生活能力太差了，以前有我的照顾，没有我之后怎么办？我怎么能放心？

为了锻炼你的独立生活的能力，我才故意找人来冒充第三者刺激你。而这也验证了你对我的爱，你爱我所以没有说破，所以愿意去改变。

我很高兴在这半年的时间里，你已经迅速地成长起来，这样我就放心你一个人去面对生活的种种了。这是我为你变的最后一个魔术，你从一个生活白痴变成了另外一个独立自信的人，我为你感到高兴和自豪。

别为我哭泣，你能自己好好地生活就是我最大的安慰了。感谢上天将你赐予我，我将在天堂祝福你。

泪水霎时间从简的眼眶中滚滚而出。

不作为的猫

〇苏清吟

迫使老婆痛下养猫决心的是我和耗子们的几场深夜大战。

这是一只刚刚断了奶的猫，灰色的斑纹，大大的眼睛，叫声细软而温柔，颇像一个风度翩翩的富家公子。公子一进我们家就享受了非凡的待遇，喝上等的奶粉，吃精肉的火腿肠。火腿肠它还认牌子，非双汇的不吃。睡觉要睡在我们的床上，后来发展成要睡在我和老婆两个人枕头的中间，成了一个肆无忌惮的“第三者”。在这个问题上我和老婆发生了分歧，我说猫喂得太好它就不捉耗子了。老婆一脸的不屑，依然按照她的想法每天给猫张罗着吃食和饮料。说也奇怪，自从公子进家以后，耗子们再也没有了以前的明目张胆，活动的频率明显减少。猫毕竟是耗子的天敌。我想。

忽一日，我正捧书阅读，从屋顶房梁处掉下一只硕大的耗子，这明显是个不慎失足的耗子。那时的猫公子正坐在我的面前梳理着自己的皮毛，它需要光彩，它准备找女朋友了。耗子就掉在公子的身旁。那只失足的耗子尚未站稳，就惊慌失措地趔趄着狂奔。我料想此时的公子一定要发一发虎威的，尾巴翘起，动作迅猛，一个虎扑将其拿下，让耗子领教一下什么叫不吃你玩死你的残酷刑法。可是，我明显犯了一个错误，公子竟然同时惊慌失措地朝着和耗子相反的方向快速直奔床底。游戏规则变了，猫不再与耗子为敌，我不知道它们是否早已暗中协商，达成了这样的协定：大家都是为了混口饭吃，活着是多么的不容易啊！

公子的待遇一落千丈。没有了火腿肠，没有了可口可乐。公子开始了抗议，它开始绝食。米饭、面条坚决不吃，无荤腥无以为餐。它的肚子逐渐凹陷下去，叫声也没有了刚来时的细软和温柔，它开始学着刀郎式的沙哑通俗叫法，围着我们转。老婆不忍心了说，算了吧，还是给它弄点儿鱼吧，不捉耗子的猫又不是公子一个，就当它是个摆设也能吓唬吓唬耗子，死诸葛还能吓退活司马呢！我说是啊是啊，再怎么说，猫还是弱势群体，它需要我们的慷慨和同情。就算它吃了我们的鱼，就算它没有捉耗子，最多也就类似于行政不作为的问题。这样想着，我就释然了很多。

赊　米

○赵丰华

这天，镇上逢集，牛村长向“二虎米行”走来，裤腰上别着一个塑料口袋，在屁股后头一摆一摆的。

“二虎，给我装一袋米——记账！”

二虎到剥米车间，盛了一袋米出来：“牛大叔，看我给你装的新米，刚剥出来的，还热着呢！”

牛村长“嗯”一声，扛起米袋，头也不回地走了。

二虎干瞪眼，瞅着牛村长背影骂道：“××，屁大个官儿，牛气啥呀？”

不到一个月，牛村长又来了，腰间仍是一个塑料袋，吼一嗓子：

“二虎，装一袋米！”

二虎攥着塑料袋，进剥米车间，装一袋好米，提到牛村长跟前。

“牛大叔，新米，热着呢——我那宅基地手续，啥时候批下来？”

“慌啥？你又没在家待过几天。”牛村长扛起米袋，晃晃悠悠地走了。

下次来，老子往你米里掺沙！二虎望着牛村长远去的背影，恨得咬牙切齿。

没过多久，牛村长又来了，还是那只塑料袋，说的还是那句话。

二虎心里不乐意，可照样到车间装一袋米出来，照样笑嘻嘻的。

“×××，下次来，老子再给你装米就不是人！”二虎向着牛村长的背影重重地啐了口唾沫。

牛村长又来了，腰间仍是那个袋子。

“牛大叔，又赊米呀？我们把以前的账结一下吧！”二虎皮笑肉不笑地说。

“我会赖你这点儿米钱？以后一块儿结！”

“姓牛的，你欺人太甚了！村里几百口子人，你谁都不欺，三番五次，只欺我……”二虎的脸黑了。

“等你爹死了，这账也就结了！”牛村长解下袋子，冲到剥米车间去了。

“你……难不成逼我……逼我爹去火化……我……要告你！”二虎气得直哆嗦。

牛村长扛着米袋子出来，板着脸，理直气壮地走了。

二虎说到做到，一纸诉状告到了法院。

法院受理了这个案子。开庭那天，牛村长被传唤到庭，坐在被告席上。

作为被告，牛村长对二虎的指控全部认账。

二虎得理不饶人：“还村长哩！次次拿米都不付钱。还说我爹死的时候，要重重敲我一回。今儿个，我得讨个说法！”

话音刚落，门外跌跌撞撞进来一个老头儿，衣衫破旧，瘦得皮包骨头。这老头儿扶着椅子喘了半晌气儿，颤声说道：“我……我是二虎的爹。我来给他个说法！你……黑了良心的，开着米行，连米都不给我吃……要不是村长，我早饿死了！”

二虎张大了嘴怔在那里，好久回不过神来。

意外的见面

○佚　名

在我们交往的几年里，他经常对我说："我妈妈说大眼睛的女孩最聪明。"这也是我们第一次见面时，他对我说的第一句话。后来，我发觉他妈妈在他的生活中占有相当的分量。在他成长的过程中，妈妈几乎是他的精神支柱。我一直对这位聪慧而细心的神秘妈妈感到非常地好奇。

他幼年丧父，从小就和母亲相依为命。也许孤儿寡母之间更有一种深刻的情愫。我一直想亲自去看个究竟，可是他一再推托不让我去。这让我的疑虑越来越深了。

有一天，他终于答应带我去见他的妈妈了。当我走进他家的时候，发现客厅里空荡荡的，什么都没有，也不见他妈妈出来招呼我们。他走到房子的一堵墙跟前挑选了一盒录音带，靠着这面墙摆满了录音带。他拿着这盒录音带走到一张放有录音机的桌子前，打开了。录音机里传来一个温馨的声音："孩子，今天是你第一次带女朋友回来，妈妈很高兴。"

他走过来，轻轻按住我悸动的手。这温婉慈祥但又十分年轻的声音令我感到惊讶，更没想到我竟然和他的妈妈以这种方式见面了。

"我的妈妈生下我之后便得了骨癌。在生命结束的最后日子里，妈妈为我录了一盒又一盒的录音带，里面记录了她对我从小到大每一个人生阶段的寄托。"

他指着墙上满满的录音带，拿了一盒给我看，上面标着"遇到喜欢的女孩”的字样。他拿着标有“带她回家”的录音带走到桌前，慈母的声音又从录音机里响起：“欢迎你到家里来。”

我终于禁不住流下了眼泪，失声叫道：“妈妈!”

我的英雄母亲

〇桑阳子

我读大学的费用都是乡下的母亲挣来的，她向村里人收鸡蛋加工成茶叶蛋，然后挑到三十里外镇上的车站摆小摊卖掉，每天能赚二十多元。大三的一天，我在报上看到一则农妇勇斗通缉犯的报道，主人公竟与母亲同名，也在小镇上卖茶叶蛋。我不相信是母亲，母亲在我的记忆中瘦小柔弱，和人从不红脸，更不用说与人争斗了。可报上那人的一切与母亲是出奇地一致。等我放假回家，才得知报上说的就是母亲。

那是一个傍晚，母亲守着剩下的二十多个鸡蛋独自待在空荡荡的路口，期望再卖出一些。这时，一辆白色的面包车嘎的一下停到了跟前，一个长相凶狠的男人从车窗探出头让母亲拿鸡蛋。母亲一看有生意，慌忙把鸡蛋递过去。没料想那人接过鸡蛋关上车窗就要走，母亲死死扒住窗户让他付钱，那人则凶狠地边推母亲边骂骂咧咧："你打听打听，我马老三什么时候买东西给过钱?"母亲与他讲理，与他同车坐在后面的一个人听得不耐烦了，打开车门一脚就将母亲踹倒在地。母亲重重地摔在地上，面包车扬长而去。母亲起身奋力追赶，可哪里追得上?白损失了二十多个鸡蛋，母亲懊丧地回了家。

第二天，母亲向一起摆摊的人打听马老三其人，得知马老三原是镇上一霸，因为打架伤人被判刑，刚放出来不久。但他却不思悔改，又纠集了一伙赖皮在县城里胡混，偶尔也回镇上扰民，人们见了他躲都躲不及，没想却被母亲碰上了。人们纷纷劝母亲不要惹他，碰上只能认倒霉，以后躲着就是了。而母亲却说：“善有善报，恶有恶报。”

这之后，母亲继续在车站卖她的茶叶蛋。每天她不论是否卖完，都要在车站等到傍晚，希望能再次见到那个马老三。一天，两天，一月，两月……母亲在三个月后的一个傍晚独自待在路口时，终于看见了那辆只见过一次却深深印在脑海中的白色面包车。母亲起身刚要开口，那辆车竟然停了下来。车窗打开后，果然是马老三又探出了头，马老三说：“哥们儿，上次就是这个老太太，鸡蛋蛮好吃的，下去拿点儿。”母亲一看他们又要抢，本能地往后退，护住身后的装鸡蛋的桶。可车后排一个看上去比马老三还凶狠、脸上有一道长长刀疤的年轻人早冲下车来，将母亲盛放鸡蛋的桶一把抓住，母亲上前与他争抢，被他一下子推倒了。就在刀疤脸提着桶打开车门时，母亲发怒了，她像一头发怒的狮子，猛地起来冲了过去，一把揪住了这个人，用力将他拉出了车外。刀疤脸不提防，被摔了个四脚朝天，顿时凶相毕露，爬起来后竟掏出一把刀子。母亲毫无惧色，抄起了挑鸡蛋的扁担。刀疤脸还没反应过来就被母亲一扁担打在了头上。看到哥们儿挨了打，马老三也跳下车来，过去一下就将母亲的扁担抢去折成了两段，又一拳将母亲打倒在地，对刀疤脸说了句“交给你处理”就上了车。刀疤脸狞笑着举刀走过来，就在刀刺向母亲的一刹那，母亲起身咬住了他握刀的手，刀疤脸痛得刀落在地上，对母亲拳脚相加。但母亲不论他怎么踢打就是死死咬住他的手腕不放。这时忽然一辆警车呼啸而至，原来是路边小店的好心人怕母亲出事报了警。由于刀疤脸被母亲死死咬住脱不了身，车上的马老三一看势头不妙，丢下同伙开车跑了。

警察将母亲和刀疤脸带到派出所进行问讯，了解情况后，决定对刀疤脸进行拘留。这时，一位细心的警察经过与电脑上的通缉令相对比，发现刀疤脸竟是一名网上追逃的通缉犯。原来，刀疤脸背着三条人命债从南方流窜到这里，与马老三臭味相投很快混在了一起。他还供出与马老三和其他一些同伙干的违法勾当。

就这样，年过半百、身体瘦弱的母亲成了小镇乃至全县有名的英雄，市里还评她为见义勇为先进个人。当记者去采访她，问她在被歹徒打伤的情况下还死死咬住歹徒不放的想法时，母亲只是简单地说："当时俺啥也没想，俺就想那些鸡蛋是俺儿几天的生活费，可不能让他们给白白糟蹋了。"

村里人都向我一遍遍讲述母亲勇斗通缉犯的故事，他们都讲得眉飞色舞，我听后却一次次潸然落泪。

用校规守护哈佛

〇蒋光宇

1764年的一天深夜，美国哈佛大学的图书馆不幸发生了一场火灾，绝大多数的珍贵古籍毁于一旦。

这场重大火灾震撼了全体师生的心，人们无不感到痛心疾首，其中有一位学生的心情格外沉重。因为突发的火灾把他推到了一个特殊的位置，良心逼迫他必须做出选择。

在这次火灾之前，他违反图书馆的借阅规则，偷偷把哈佛牧师捐赠的一本书带出馆外，准备读完之后再归还。转眼之间，这本书就成为哈佛牧师捐赠的250本书中的唯一珍本。怎么办？是神鬼不知地据为己有，还是老老实实地承认错误？他经过一番激烈的思想斗争后，惴惴不安地敲开了校长办公室的房门，说明经过之后，郑重地将书还给了学校。

校长霍里厄克对此事的处理令人吃惊：一方面收下书，表示感谢，并对学生的诚实和承认错误的勇气予以夸奖；另一方面又决定将他开除出校。

后来，有人责问霍里厄克校长："为什么要这样处理呢？是不是做得太不尽人情、太过分了？"

校长回答了这样一句话："哈佛大学的理念是让校规看守哈佛大学，这比用其他东西看守更加安全有效。"

20世纪90年代，在英国剑桥大学发生了这样一个真实的故事。

在一次考试的过程中，有个大胆且不拘小节的考生，突然请监考的学监为他提供啤酒和点心。他们之间发生了下面的对话：

学监：对不起，您在说什么?

考生：我请您现在给我拿啤酒和点心，先生。

学监：很抱歉，这不行。

考生：我坚持我的要求，先生。我不仅是请求，而且是命令您现在给我拿啤酒和点心。

与此同时，这个学生出示了一份剑桥大学校规的复印件，并指出其中不引人注意的一条：参与考试的所有考生，有权在考试过程中得到点心和啤酒。虽然这个校规是在400年前用拉丁文书写的，但名义上永远有效。

学监惊讶之余，没有再表示异议，因为在没有废除这个校规之前，只能照办。在措手不及的情况下，他临时搞到了可乐和汉堡包作为替代品。那个学生心满意足地坐在考场，一边舒舒服服地又吃又喝，一边答完了他的试题。

三个星期之后，剑桥大学给予这名考生罚款5英镑的处分，理由是：在考试过程中，该考生并没有按照400年前的校规带上佩剑。

闲　人

〇贾平凹

不知从什么时候起，社会上有了闲人。

闲人总是笑笑的。“喂，哥儿们！”他一跳一跃地迈着雀步过来了，还趿着鞋，光身子穿一件褂子，也不扣，或者是正儿八经的西服领带——总之，他们在着装上走极端，却要表现一种风度。他们看不起黑呢中山服里的衬衣很脏的人，耻笑西服的纽扣紧扣却穿一双布鞋的人。但他们戴起了鸭舌帽，许多学者从此便不戴了；他们将墨镜挂在衣扣上，许多演员从此便不挂了。

“几时不见哥儿们了，能请吃一顿吗？”喊着要吃，却没乞相，扔过来的是一支高档的烟。弹一支自个儿吸了，开始说某某熟人活得太累，脸始终是思考状，好像杞人忧天，又取笑某某熟人见面总是老人还好，孩子还乖。末了就谈论天气，那一支烟在说话的嘴上左右移动，间或喷出一个极大的烟圈，而拖鞋里的小脚指头一开一合地动。

闲人的相貌不一定俊——其实他们忌恨小白脸，但体格却非常好，有一手握破鸡蛋之力。和你握手的时候，暗中使劲令你生疼。据说其父亲要教训他，动手来打时，做闲人的儿子会一下子将老子端起来，然后放到床上去，不说一句话。老子便知道儿子的存在了。

闲人的钱并不多，可闲人不吝啬钱，所以显得总有钱。“钱是人身上的垢痂”，这理论多达观，所以出门就招出租车，也往豪华宾馆里去住一两夜。逢着骑自行车，那几乎是表演杂技，于人窝里穿来拐去，快则飞快，慢则立定，姿势是头缩下去，腰弓着，腿圈成圆形，用脚跟不停地倒转脚踏板。

闲人的朋友最多，没有贵贱老幼之分，三句话能说得来，咱们就是朋友了，“为朋友两肋插刀”，让我办事就是看得起我呀！当然，这些朋友有的交往时间长，有的交往时间短，但走了旧的来了新的，闲人没有“世上难逢一知己”之苦。

要搬家，寻闲人去，闲人一个人会扛件大衣柜上楼的。不幸家中失盗，你长吁短叹，闲人骂一顿娘就出动了，等回来，说：“我问过一个贼头了，他说你们家这一片不属于他管，我告诉了他，让他查查是谁的地盘。”闲人不偷人，但偷人的贼是不敢得罪闲人的。

闲人是个直肠人，但闲人偏不自认，因为在有些年里，闲人最讨厌那些拍胸膛说“咱是粗人”的人，“粗人”本是自贱，却成了一种美饰。谁家夫妇闹矛盾，闹得厉害，他不会见婚姻说和，也不说“过不成就换班子”！他总是这么说：“我给你物色一个！”闲人不失言，果然物色了一个又一个。有的家庭后来是散了，有的家庭闹过又好了，又好的家庭少不得男方将闲人的话说知女方，闲人见面仍叫嫂子，嫂子不理，不理拉倒。

闲人的眼里才没有什么权威呢，孔圣人不就是那个老孔吗？剧院里看戏，戏不好，“换节目！换节目！”领导作报告都是官话套话空话，闲人就头一歪睡着了。

闲人顶熟悉的是体育明星，次之是通俗歌星，当然有时也会想一睹风采而去听一位外地来的大名人的专场报告，回来了就打开录音机模仿名人的声调演说，但演说的内容却是：中华人民共和国××省××市伟大的政治家、杰出的哲学家、天才的艺术家×××先生……这位先生的名字一定是他自己的名字。录毕就放，一边听一边哈哈大笑。

闲人不怕苦，不怕死，满世界里只有两怕：

一怕结婚。虽然不断地有姑娘相伴，但闲人已经是老大年龄了仍未结婚。他们总希望有一个美丽的、既温柔又风骚、能吸烟能喝酒能跳舞能谈人生能打麻将的老婆，遗憾的是，没有能将这些条件集中于一身的姑娘。

二怕寂寞。怕寂寞如狼怕火，怕寂寞如鬼怕水。为了预防某一日寂寞独处的残酷局面，于是就幻想着真有那么一日，他们要爬上城中报话大楼的顶尖上，然后用一条绳索一头系在楼顶尖，一头套在脖子上，纵身一跳，吊在半空。因为吊在城中的最高点，全城的人都看得见，而且报话的大钟是每一小时要长鸣一次的。

西式幽默

○冯骥才

外语学院请来一位洋教师，长得挺怪，红脸，金发，连鬓大胡须，有几根胡子一直逾过面颊，挨近鼻子；他个子足有两米，每进屋门必须低头，才能躲过门框子的拦击，叫人误以为他进门先鞠躬，这不是太讲究礼貌了吗？顶怪的是，他每每与中国学生聊天儿，聊到可笑之处时，他不笑，脸上没有表情，好像他不喜欢玩笑；可是有时毫不可笑的事，他会冷不防放声大笑，笑得翻江倒海，仰面朝天，几乎连人带椅子要翻过去，喉结在脖子上乱跳，满脸胡子直抖。常使中国学生面面相觑，不知这洋教师的神经是不是有点儿问题。

一天，洋教师出题，考察学生们用洋文做作文的水准。题目极简单，随便议论议论校园内的一事一物，褒贬皆可。中国学生很灵，一挥而就。洋教师阅后，评出了最佳作文一篇。学生们听后大为不解，这种通篇说谎的文章怎么能被评为“最佳”？原来这篇作文是写学校食堂的。写作文的学生来自郊区农村，人很老实，胆子又小，生怕得罪校方，妨碍将来毕业的分数、评语、分配工作等等，便不顾真假，胡编乱造，竭力美化，唱赞歌，使得一些学生看后愤愤然。可是……洋教师明知学校食堂糟糕透顶的状况，为什么偏要选这篇作文？有人质问洋教师。

洋教师说：“这文章写得当然好，而且绝妙无比，你们听——”他拿起作文念起来，“我们学校最美的地方，不是教室，不是操场，也不是校门口那个带喷水池的小花坛，而是食堂。瞧，玻璃干净得几乎叫你看不到它的存在……”洋教师念到这儿，眼睛调皮地一亮，眉毛一挑，“听听，多么幽默！”

幽默？怎么会是幽默？大家还没弄明白。

洋教师接着念道：“如果你不小心在学校食堂跌了一跤，你会惊奇地发现你并没跌跤，因为你身上半点儿尘土也没留下；如果你长期在学校食堂里工作，恐怕你会把苍蝇是什么样子都忘……”洋教师又停住，舌尖“嘚”地弹一声，做个鬼脸说，“听呀，还要多幽默，我简直笑得念不下去了。”

学生们忽然明白了什么。

洋教师一边笑，一边继续往下念：“食堂天天的饭菜有多么精美、多么丰富、多么解馋！只有在学校食堂里，你才会感到吃饭是一种地道的享受……”

忽然学生们爆发起大笑来！

依照这种思维，我们会从身边发现多少聪明、机智、绝妙、令人捧腹的好文章啊！

许三多的1609

〇海　飞

许三多站在府衙的屋檐下。他一抬眼，看到的是万历年间漫无边际的雨水，在1609年的沛州上空飘洒。

许二站在天井里，手里握着一柄巨大的黑伞。许二说，老爷，走吧。许三多钻进了许二的雨伞底下，两个人一起在瞬间就被雨水吞没。知府衙门以外，许三多看到的是一片汪洋。这让他突然想起了十年前的洪水之中，逃荒路上的他带着年轻的许二，在路上遇到了一个前来沛州赴任的人。许三多和许二在抢夺他手中的食物时，失手将他杀了。他们看到那人手中的文书和印信后才知道，他们杀死的是一个前去赴任的官员。许三多和许二站在泥泞里，良久后许三多笑了，拿起文书轻轻拍打着许二的脸，对许二说，许二，我们要当官了，我们去沛州当官去。

许三多把这个知府当了十年，许二也就做了十年的跟班。许三多热爱上了当官，他把这官当得两袖清风，也把整个沛州治理得井井有条，百姓安居乐业。可是十年后的一场洪水让沛州灾情严重，尤以龙谷县为甚。但是龙谷县令范大进，把国库所拨的十万两救灾银，只用了两万两，余下的八万两全部收入自己的囊中。许三多将此事呈报朝廷，朝廷马上让许三多查实后将范大进收监。后天，前来监斩的刑部官员就要抵达沛州了。

这场漫长的雨水，让一名官员被白花花的银子拉向了鬼门关。许三多在前往监狱的路上，被雨淋湿了半边身子。路上，他看到不远的施粥棚里，排队的老弱饥民正在领粥。而那些青壮年，正在和官兵一起抗洪。看到一个排着队的三四岁小孩时，许三多的眼睛热了一热。许三多轻声说，杀，杀，该杀。

许三多在铁器的碰撞声中，看到监房的门打开了。范大进正在闭目养神。许三多听到了遥远的雨声，很长时间内他的脑中一片空白。他想起自己在无数个日子里，约范大进一起下棋。范大进不懂得献媚，一个子也不让许三多，所以许三多每次下棋都输。但是，许三多却一直喜欢着这个书法和文章俱佳的下属。许三多凄凄地笑了，说，范大进，后天我送你上路。你这盘棋，下得可真臭啊！

范大进什么话也没说，等许三多转身离去的时候，范大进突然哭了。范大进轻声说，许大人，我以前穷怕了。

一会儿，许三多和许二潮湿的身影出现在堤坝上。他们和百姓一起背沙包，抗击洪灾。第二天天亮时，天竟然放晴了，洪水水位有所下降。许三多离开堤坝的时候，听到了百姓欢呼的声音。许三多狠狠地闭了一下眼睛，他不愿被洪水淹没，但是他愿意被百姓的欢呼声淹没。

在府衙内，许三多洗了个澡，换了一身干净的衣裳，然后叫来了许二。

许二，你带着夫人和少爷离开沛州，钱和马车，都给你准备好了。从此以后，你一定要照顾好大人和公子。

许二跪下说，大人这是为何？

许三多笑了，我不是大人了。我这官当到头了。现在，锦衣卫的铁三甲铁大人，正在赶往沛州的路上。

许二说，大人，那你和我们一起走。

许三多摇摇头说，不行，我一定要斩了范大进这个拿百姓的生命当儿戏的狗官。刑部的监斩官，明天就要到了。监斩官将和铁三甲同时到达。

许二的眼泪忽然流了下来说，我明白了，大人。你若走，就斩不了范大进。你若不走，就得被铁三甲带走。

许三多不再说话，他轻轻地挥了一下手，仿佛就挥去了十年的光阴和官场生涯。许二不再说什么，转过身的时候，他看到了府衙门口的马车。

菜市口刑场上，人山人海。监斩官和许三多坐在上手。刽子手捧着的刀子，像一片薄而锋利的阳光。这光线令许三多的眼睛痛了一下，他想起十年前，因洪水来临而逃难，在争抢食物的时候，失手将一名即将赴任的官员杀死，并且冒名顶替。那个遥远的场景，在袅袅升腾的雾气中若隐若现。

风起时，午时三刻已到。许三多把斩牌一丢，轻声说，斩！

大家看到一道血光闪过，血雾在阳光下形成了一道彩虹，范大进的人头落地。这时，许三多看到远处有几匹快马赶来，为首的是锦衣卫铁三甲。铁三甲一步步走向了许三多。许三多站起身来，说，铁大人，许三多等候多时。

铁三甲说，你为何不走？

许三多说，因为我一定要斩了范大进。他让很多人饿死。

铁三甲说，还有什么原因？

许三多说，我知道，出京城前，朝廷就下令给你，若不把许三多带回京城，你家就要满门抄斩。

铁三甲说，你怎么知道这么多？

许三多说，我虽为官十年，但曾经行走江湖，总有一些小能耐。铁大人，带我走吧。

几名锦衣卫冲上来，扣住了许三多。铁三甲对围观的人群抱了抱拳说，铁某要带走你们的父母官，许大人和十年前的一桩命案有关。

铁三甲上马的时候，鼻子酸了一下。他伸出手指，擦去右眼下的一滴眼泪。铁三甲是战场上的勇士，这一生，他只流过这一滴泪。

几名锦衣卫兵勇把戴上镣铐的许三多扔进了囚笼。许三多仰望着天空，看到天是蓝的，明净而且高远。许三多笑了，他看到蚂蚁一样的人群，在寂静之中全都跪了下来。那名监斩官，也在向他行礼。

许三多的眼泪滚滚而下，打湿了1609年沛州城洪灾过后还没有完全干燥的地面。

最后的绝招

〇聂鑫森

古城湘潭的火车站设在郊外，是早几年建的，很大很气派。特别是候车大楼前面的那个广场，一个篷摊连着一个篷摊，卖水果，卖日用百货，卖旅游纪念品，卖小吃，卖书报，吆喝声此起彼伏。篷摊是公家统一做的，不锈钢支架，五颜六色的塑料平瓦，搭好的出租给摊主。还有一些临时地摊，每天只交两元钱卫生费，摊主大多是一些走江湖的人，快速刻图章、练武卖膏药、唱地花鼓、剪纸……这类人流动性大，短的三五天，也有长年在此的，比如“面人雷”。

“面人雷”，当然姓雷，但叫什么名字，谁也不清楚。他是吃捏面人这碗饭的，北方口音，六十来岁，骨骼清奇，黄面短须，双眼特别锐亮，像鹰眼，有点儿冷。他在这个广场捏面人差不多有一年了，住得离这里也不远，租了间农家单独的土砖屋——以前是放农具杂物的。

捏面人，在清代称之为“捏粉人”、“捏江米人”，因为所用的原料是江米面，掺入防腐防虫的药剂，蒸熟后分别拌上红、绿、黄、黑等颜色，然后用湿布包好，使用时不致干燥。捏面人除用手之外，还借助一些特别的工具：小竹片、小剪刀、细铁签。捏面人分为两种：一种是专捏那些《三国》《水浒》《西游》中的人物，捏好了摆着等顾客来买；一种是对着活人捏像，捏谁像谁。后一种是顶尖的绝技，“面人雷”操此技久矣。

只要不下雨不落雪，“面人雷”就会准时出来摆摊。他的行头很简单：

一个可收可放的小支架，上面挂着一个纸板，正中写着“面人雷”三个大字，两边各写一行小字：“为真人捏像”“以绝技传家”。再就是一个小木箱，里面放着捏面人的原料和工具。他捏面人很快，顾客站个十来分钟就行了，称得上是“立等可取”。顾客满意了，给十块钱；觉得不像，他不取分文，而且立刻毁掉，再不重捏——这样的情景似乎从没出现过。他捏面人，先是几个手指翻飞，很快便成形，再用小竹片、小剪刀和细铁签修一修，无不形神毕肖。

世人能欣赏这玩意的，并不多。闲暇时，“面人雷”会安静地坐下来，手里拿着面粉，两只眼睛左瞄右瞅，专捏那些有特点的人物。真正有特点的人物是那些“老江湖”，算命测字的“半仙”，街头卖艺的赤膊汉子，强讨巧要的乞丐……当然，他也捏那些在广场游荡乘机作案的小偷，江湖上称这类人为“青插”；专门“碰瓷”的骗家——手里拎着瓶假名酒，寻机让人碰落摔碎，然后“索赔”；还有那些做“白粉”生意的，避着人鬼头鬼脑地进行交易……捏好了，悄然放入木箱，秘不示人。

这么大的广场，这么大的人流量，各类案子总是会发生的。

负责车站治安的铁路警察，常会秘密地把“面人雷”找去，请他帮忙破案。

“面人雷”会把那些涉案疑犯面人拿出来，冷冷地说：“你们只管抓就是，错不了。”

他们知道“面人雷”是靠这门手艺吃饭的，便要按人头给钱。“面人雷”说：“这算我的义务，免了！只是……请你们保密，给我留碗饭吃。”小偷抓了，“碰瓷”的抓了，贩“白粉”的也抓了。

那些面人捏得太像了，一抓一个准。

这是个秋天的深夜，无星无月，风呼呼地刮着。

“面人雷”睡得正香，门闩被拨开了。屋里突然亮起灯，被子被猛地掀开，三条大汉把“面人雷”揪了起来。

“面人雷”立刻明白是怎么回事了。他很镇静，说：“下排琴，总得让我穿上挂洒、登空子，戴上顶笼，摆丢子冷人哩。”

“面人雷”说的是“春点”，也就是江湖上的隐语，翻译过来为：“兄弟，总得让我穿上衣服、裤子，戴上帽子，风冷人哩。”

其中一个年纪较大的汉子，脸上有颗痣，说：“上排琴（老哥），是你把我们出卖给了冷子点（官家），你应该懂规矩，今晚得用青于（刀）做了你！”对方掺杂着说“春点”，气氛也就有些和缓。“面人雷”笑了笑，也不绕弯子了：“兄弟，你们误会了——谁使的绊子呢？”

“老哥，没有不透风的墙，你老老实实跟我们出门走一趟。”

“我这一把年纪了，死也不足惜。兄弟，我捏了一辈子的面人，让我最后为自己捏一个吧，给老家的儿孙留个念想。不过一会儿工夫，误不了你们的事。也不必担心一个年老力衰的人，还能把你们怎么样。”

三个人同意了。

“面人雷”打量了他们几眼，说：“谢谢。”然后便拿出一大团面粉和工具，坐在桌前，对着一个有支架的小镜子捏起来。

三个人坐到一边去，抽着烟，小声地说着话。他们知道这个老江湖懂规矩，因此他们也做到仁至义尽。

“面人雷”很快就捏好了，是他的一个立像，有三寸来高，右手拿着小竹片，左手握拳。然后在底座边刻上一行字：“手中有乾坤。‘面人雷’自捏像。”

那三个人拿着面人轮流看了看，随手摆在桌子上。

“面人雷”说：“兄弟，我随你们去走一趟，也算我们缘分不浅。”

夜很深也很暗，一行人急速远去。

两天后，在二十里外的一条深渠里，发现了“面人雷”的尸体，脖子上有深深的刀痕。

人命关天，公安局的调查雷厉风行地开展起来，很快就知道了死者是

“面人雷”，很快就找到了他的住处。在现场勘查时，床铺垫被下找到了一沓汇款存根和几封家信，还有桌子上那个栩栩如生的面人。现在要寻找的是杀人凶犯，但几乎没有什么线索。

公安局刑侦队队长是个年轻人，业余喜欢搞雕塑。他把“面人雷”的自捏像放在办公桌上，关起门看了整整一天。他发现那支形如利刀的小竹片，尖端正对着那只握着的拳头，而那拳头从比例上看略大，似乎握着什么东西。“手中有乾坤”这几个字，也应是一种暗示。他小心地掰开了那个拳头，在掌心里出现了几个极小的面人！在放大镜下一看，眉眼无不清晰，那个脸上有颗痣的汉子，是个黑道上的头目，曾因诈骗坐过牢。“面人雷”在临死前，给这几个家伙捏了像，堪称大智大勇，不能不让人佩服！

这几个疑犯很快就被抓捕归案。

追认“面人雷”为“烈士”的报告也随即批复下来。

追悼会开得非常隆重，正面墙上挂着“面人雷”的遗像——是那尊自捏面人的放大照片。

挽联是这样写的：

手中有乾坤，小技大道；

心中明善恶，虽死犹生。

我想有个家

〇陈力娇

苑小美把孩子弄丢了。此前她正和丈夫闹离婚。昨天儿子扯着她的手哭，说他要是跟着爸爸就没妈妈了，要是跟着妈妈就没爸爸了。

这确实是个难题，苑小美听着眼泪哗哗就流下来了。不过她还是坚持不改变主意，如改变她就没有力气把以后的路走下去了。但是现在孩子丢了。孩子丢了对苑小美打击太大了，她没什么也不能没有孩子，甚至是没有自己也不能没有孩子。

苑小美的母亲见外孙丢了，比谁都焦急，孩子一直是她带着，她拿孩子当眼珠，谁对孩子不好就和谁拼命。她对苑小美说，你们离不离我不管，外孙得归我，你们能摆平你们就离，你俩死一个少一个。

可现在孩子丢了。孩子一丢苑小美和丈夫也暂时休战，开始分头找孩子。他们找了他姥姥常带他去的几户人家，都没有。他们找了孩子去过的录像厅，苑小美的母亲有时太忙了就把他送到录像厅，可是今天的录像厅坐着的几乎都是小孩儿，就是没有苑小美的孩子。

忽然，苑小美想到城外，城外有一片松林，那里有一泓清水，有一次苑小美领孩子从那儿路过，孩子看到有人在钓鱼，当时就表示他也想在这里钓鱼，一连几天都和她念叨这个问题。

可是等苑小美打车来到这一泓清水旁，这里鸦雀无声，几个垂钓的老人向她证明，这里一天都没出现过孩子。

天很快就要黑了，苑小美无功而返回到母亲家，丈夫累得躺在沙发上，她的母亲正捧着水瓢咕嘟咕嘟往肚子里灌水，大家都累得不行。苑小美的母亲说，都是你们作的孽，好好的日子不过闹离婚，这回你们离呀，没有了孩子你们清闲了，你们离呀！

苑小美听母亲这么一说，哇的一声张开嘴大哭了起来，她说，没有孩子，没有孩子我就死！

她的丈夫在沙发上转动了一下身子，说，这不能赖我，我没想离婚。

苑小美说，你没想离婚就有理了？这个家都是你闹的，你知道你喝醉了酒什么样儿吗？反正我是不能和你过了，孩子没了我就更不能和你过了，明天我就上法院起诉去！

他们这样吵，仿佛一瓢凉水，让苑小美的母亲冷静了许多，她在脑海里查地图一样，终于查出一个外孙可能去的地方。她说，孩子会不会回你们家了？

正吵得不可开交的苑小美听母亲这么一说，马上反驳说，他哪有家呀？哪儿是他的家呀？你没见那房子的大锁头比碗还大吗？他没有钥匙，他飞进去呀？

苑小美说得有道理，她带着孩子在母亲家里住了不下半个月了，半个月她没有回一次家，孩子自然也就不会回家。

苑小美的母亲可没听苑小美的，她起身就去实施自己的行动，只要有一丁点儿希望她也不会放过。

来到小美居住的房子前，苑小美的母亲才感觉到，小美坚持离婚是有道理的，这哪像个家呀，房子不像房子，年久失修；院子不像院子，和院外比凹进一尺多深。这些年这两个人忙着干仗，谁都没有心思管家。

院门是锁着的，苑小美的母亲就从邻居家的木栅栏外跳了进去，黑色大锁她老早就看到了，但是她还是来到窗玻璃前，手遮住眉眼向里面望。这一望，苑小美的母亲顿时哭了起来，她的外孙蜷缩着身子躺在冰凉的土炕上睡着了，那炕有半个月没生火了。

苑小美的母亲这一哭，邻家女人出来问她哭啥。苑小美的母亲就把孩子在里面的事说了，两个人都纳闷孩子是怎么进去的，推推窗子，里面是闩着的。最后邻家女人断定，是从他们家门上方那块打破的玻璃窗进去的。可是这个窗子太小了，又在高处，框上还有玻璃碴儿，孩子怎么进去的呢?

苑小美的母亲在外面哭，孩子在里面睡，邻家女人陪着苑小美的母亲心酸。一直到掌灯的时候，苑小美的母亲才把外孙从打破的门窗里接出来，她抱着心肝宝贝，紧紧地搂着，再也不让他离开自己半步。

孩子则伏在姥姥的肩头，继续瞌睡着。苑小美的母亲就抱着外孙往自己家走，她一边走一边哭，那泪水就如同涌动的河流，不断线地流淌着。

第二天这间房子生火了，有炊烟袅袅地从屋顶的烟囱旋出，过路人还隐隐听到小孩子的笑声、大人的窃窃私语声，几只麻雀不失时机地落入院中……

我们早叫它垃圾箱了

○刘　齐

我充实，因为我热爱接受信息，每天早晨一睁眼就开始接受。先是读报纸。现在的报纸越办越厚，“噌噌噌”，一个个小黑字儿像一群小蠓虫，拼命往我脑子里钻。等它们钻完了，我就上网。这网可不是渔网乒乓球网，它能把全世界的信息“数码”到一起，“咣当”一下甩给你。你当不上伟人得不了天下但能得天下信息，鼠标在手，犹如权柄在握，你还想怎样？要不现在野心家怎么好像少了呢？

网以外，有图书，有广播，还有广告、电话、气球、商标、路标、文件、简报、灯箱、报表、电影、飞艇（恕我分类不科学，它们接踵而来，我顾不上科学）、标语、布告、信函、手机短信、通缉令、中奖名单、小道消息、口头文学、印外国字的T恤衫也叫老头衫、治疑难杂症的小传单，以及其他许多我一时想不起来但肯定每天围追堵截往脑子里灌呀灌的信息、信息、信息。

当然还有电视，忘了谁也忘不了电视，它或他、她，太迷人。不迷人也缠人，每天少说缠你一两个小时，让你手拿遥控器“嗖嗖”换台，总以为里边又整出新玩意儿了。

晚上起来解手，迷迷瞪瞪依然接受信息。窗外有霓虹灯闪耀，说是桑拿浴热烈、美容院温馨。窗内传真机“哗哗”吐纸，哪个蔑视作息时间的家伙正在给我传资料？

如此这般，一天下来，我的脑子不可能不充实。充实就是把仓库装满，一点空余也不剩。有时已经装得挺满，不料又来信息了，我就跟先来的信息说，大家挤一挤，发扬点风格，学学人家压缩饼干。先来的信息不乐意了，就成群结队，各处乱窜，把脑子里负责想事的地方、辨别好赖的地方，防止当二百五的地方，统统占领，弄得乱七八糟，谁也甭想逞能。幸好还有一个地方由我自己亲自掌管，绝不放权，那就是脑子的大门。这个大门永远向信息敞开着。久而久之，进来什么样的信息已经不重要了，只要是信息就行。每当有信息擦着门框“呼呼”进入，我就会由衷地感到充实。

直到有一天，颅骨隐隐作痛，我这才意识到，那不叫充实，那叫头昏脑涨。我踉踉跄跄，去请教信息界的一位高人，看看能不能搞一下卫生——就是说，把那些堆积如山的信息，往外清一清。

高人说：“我先给你出道题——太阳为什么从东方升起？”

我迟疑着不敢回答，脑子里有七八种答案纠缠不休，还有几十种与此相关的中国口号、丹麦寓言、印第安谜语，甚至还有美索不达米亚或其他什么亚的典故。

高人见我不语，宽厚一笑，又问：“一加一等于几？”

我仍拿不定主意，心中洪水般涌来杀手、鞋垫、南极摇滚、假唱、美眉、绿眉、波浪眉、IT、小瘦狼、休闲文化兔、思想虫、智慧陷阱、新新女孩、新新老太太、房地产骗子、革命大车、二奶、三爷、八千里云和月、一万年醋和酒等各种概念、形象、新知、旧闻……我纵然有一百张嘴，怕也说不出正确答案了。

高人走过来，拍了拍我的脑袋，把耳朵凑上去听了听动静，好像还用鼻子闻了闻。然后，他“唔”了一声，满意地说：“挺好，运作得挺正常，不用清理。”

“但是，”我鼓足勇气，大叫一声，“我脑袋发胀！”

高人惊讶地说：“你怎么还管它叫脑袋？我们早叫它垃圾箱了。”

陌生人俱乐部

○秦德龙

周末，我去了陌生人俱乐部。在俱乐部门口，我买了张陌生人面膜，贴到了脸上。将自己换成陌生的面孔，不会有熟人认出我来。果真，俱乐部的任何人都是陌生的，我没见过他们，他们也不认识我。

孤独的心豁然开朗。我选了个临窗的座位，品味着咖啡，望着窗外的风景。

我庆幸自己来到这里，庸常生活中的所有压力，在这一刻释放殆尽。

我的心帆飘若轻云。凝望着那些低声细语的人，我感到一种莫名的亲切。陌生人在这里有了亲情，真是不可思议。我心中升起了一种异样的冲动，希望能与某个陌生人聊聊天。

“先生，我可以坐在这里吗?”一位女士飘然而至。

“当然可以，请坐!”我喜出望外，女士的风度吸引了我。

“我们彼此不问姓名好吗?”女士提议。

“当然。”我笑了，“名字对陌生人来说，是不重要的。”

女士也笑了。她的笑容，很优雅。

彼此心照不宣，我们开始海阔天空地聊了起来。她说她去过美丽的西双版纳，我说我去过神话般的蒙古草原；她说她到过东方莫斯科哈尔滨，我说我去过南疆的西沙群岛……我们说啊笑啊，像年轻人一样欢畅。我的心理年龄瞬间变得年轻起来，如一位情窦初开的翩翩少年。看她的样子，面色绯红，如一位怀春的少女。我想，如果时光到退30年，我一定会向她表达爱慕之心。

可是，接下来的话题，却渐渐地沉重了，我是个性格忧郁的人，每逢快乐的时候，总会想起一些不快乐的事情。我已经把对面的女士，视为红颜知己了，何不借此机会向她倒倒苦水？于是，我将人生的种种苦恼、坎坷、困惑、愤恨和盘托出，井喷式地袒露无遗。她真是个善解人意的女士，不住地点头表示理解和同情，并适时地举杯，邀我共饮，化解郁闷，湿润喉舌。我特意加重了语气告诉她：“最和我过不去的人，是我的女上司，她太霸道了，我真想杀了她！”我这么说，是潜意识告诉我，女人通常是疾恶如仇的，尤其是女人对女人。何况，我是男人，我是弱者。

听了我的讲述，她的目光中充满了柔情，甚至有几许母性的慈悲。“忘记过去吧，你是男人嘛。男人不能和女人过不去。你的女上司，是个女人，她也不容易，而女人通常需要找个能出气的倒霉蛋。”她温情脉脉地望着我，令我的心中沉疴化无。

“听我讲讲我的故事吧，我也需要你这样的听众。”女士的神色忽然变了，变得十分忧伤，“实话对你说，在日常生活中，我扮演的是另外一个角色，也就是你痛恨的那种人。我打理着一家公司，我是公司的经理。你不要紧张。我们现在是陌生人，你和我都是在陌生人俱乐部里。每天一上班，我就开始扮演女上司的角色，只有八小时之外，我才恢复本真的自我。你所遭遇的那些事情，似乎在我的公司里都有影子，只不过我和你的身份不同。我建议，你要理解你的女上司，因为，她每天是戴着面具上班的。如果，她不戴着面具，就无法扮演女上司的角色。你说，是吗？”

“可是……”我心有余悸地望着她。

“来，让我们跳个舞吧？”女士大概看出了我的心思，索性中断了话题，邀我走进舞池。

我的心绪被欢快的舞曲冲刷着，旋风般地和她舞了起来。渐渐地，我忘记了她的职业，而更相信她是一位娇媚温柔的女人。我们舞了一曲又一曲，华尔兹、布鲁兹、福克斯、恰恰、伦巴……我们成了一对配合默契的舞伴。

曲终人散的时候，我和她走出了陌生人俱乐部。

当我揭掉陌生人面膜的同时，下意识地瞧了瞧她。我很想弄清她的庐山真面目，一睹其芳容。她也和我有同样的举动，向我这里投来探测的一瞥。瞬间，我和她都惊呆了。原来，她正是我所痛恨的女上司，而我则是她手下那个倒霉的出气筒。

我和她相视片刻，彼此无语。

接下来的每个周末，似乎受到神灵的指引，我都要到陌生人俱乐部去，买一张陌生人面膜戴上，寻找心灵的家园。总会有某位举止优雅的女士，戴着面膜，陪我聊天，与我共舞。虽然，我们每次都要变换不同的面孔，可总能在心里感觉到彼此是谁。

我相信，她和我一样，已成为陌生人俱乐部的终身会员。

我很重要

〇毕淑敏

当我说出“我很重要”这句话的时候，颈项后面掠过一阵战栗。我知道这是把自己的额头裸露在弓箭之下了，心灵极容易被别人的批判洞伤。

许多年来，没有人敢在光天化日之下表示自己“很重要”。我们从小受到的教育都是——“我不重要”。

作为一名普通士兵，与辉煌的胜利相比，我不重要。

作为一个单薄的个体，与浑厚的集体相比，我不重要。

作为一位奉献型的女性，与整个家庭相比，我不重要。

作为随处可见的人的一分子，与宝贵的物质相比，我们不重要。

我们——简明扼要地说，就是每一个单独的“我”——到底重要还是不重要?

我是由无数星辰日月草木山川的精华汇聚而成的。只要计算一下我们一生吃进去多少谷物，饮下了多少清水，才凝聚成一具美轮美奂的躯体，我们一定会为那数字的庞大而惊讶。平日里，我们尚要珍惜一粒米、一叶菜，难道可以对亿万粒菽粟亿万滴甘露濡养出的万物之灵，掉以丝毫的轻心吗?

我们是一株亿万年苍老树干上最新萌发的绿叶，不单属于自身，更属于土地。人类的精神之火，是连绵不断的链条，作为精致的一环，我们否认了自身的重要，就是推卸了一种神圣的承诺。

我们的生命，端坐于概率垒就的金字塔的顶端。面对大自然的鬼斧神工，我们还有权利和资格说我不重要吗？

对于我们的父母，我们永远是不可重复的孤本。无论他们有多少儿女，我们都是独特的一个。

是的，我很重要。我们每一个人都应该有勇气这样说。我们的地位可能很卑微，我们的身份可能很渺小，但这丝毫不意味着我们不重要。

重要并不是伟大的同义词，它是心灵对生命的允诺。

人们常常从成就事业的角度，断定我们是否重要。但我要说，只要我们在时刻努力着，为光明在奋斗着，我们就是无比重要地生活着。

我很重要。

我的不环保生活

〇曾　颖

主席、评委和会场保安：

你们好！

请原谅我不请自来到台上发表对“环保”的看法。按理说，像我这样来自贫困山区的学生是没有资格和兴趣来参加这个以环保为主题的演讲比赛的，这就如同一个乞丐不能也不愿意和一群阔佬坐在一起讨论鱼翅和燕窝的做法和吃法一样。

我之所以来会场，主要是冲着各位手中的易拉罐和矿泉水瓶子。粗略算了一下，今天到会差不多有一千人吧。如果人手一瓶的话，易拉罐一毛，矿泉水瓶五分一个，也应该有几十元钱吧？如果都归我的话，那我一个星期的伙食费应该有着落了。

请大家安静一下。保安先生请你也不要红脸，容我把话说完，因为关于环保我也有几句话要说。本来我不打算说的，但刚才演讲的前几位同学在演讲中分析造成当前环保危机的根源是因为农民的思想太落后太愚昧。这个观点，我非常不赞同。因此，我必须上来说两句。

坦率地说，我能够磕磕绊绊读大学，并且至今都没有退学的原因，主要得益于我父亲的破坏环保行为。

请不要惊奇，评委老师请你把张大的嘴巴合上，保安请你把棍子收起来，容我讲下去——五分钟，就五分钟！

我家田少，每年地里产出的东西，只能把肚子混得半圆。如果年景差点儿，半圆还要打折扣。父亲为了多挣点儿钱，可谓想尽了办法。上山下河，打鸟捉鱼，砍柴采菇，什么都干过。

我家屋背后小溪里生长着的成群的梭边鱼，在我读小学的时候被父亲捉完了，全卖进城里换回钱来缴了学费。

我读初中的时候，我家后面那片小树林便遭了殃，父亲一棵棵地将树砍掉卖进城里换回钱来，也缴了学费。他说国家规定他有义务必须这么做。

读高中时，家里已没什么好卖的了，父亲就打起了院里那株老银杏树的主意。那棵树是父亲的父亲的父亲种下的，已有一百多年历史，林业部门还专门挂了牌，说是受保护的树。父亲和我对它都有很深的感情，我家的小院因为有那棵树才优美如画。但没办法的是，优美不能当饭吃，更不能当学费用。因此，父亲下了狠心，说等咱娃考了大学，咱再栽！

起重机来了，把树吊走，在院中，留下一个巨大的坑。买树的是一家经营老树的公司，专门到乡下收购城里已砍得没有影儿的老树，卖给急需老树去装绿化门面的城市，从中赚大把的钱。他们很有实力，因此，有关部门也没来找过什么麻烦。

后来，我考上大学，就在我爹为学费伤脑筋并打算把祖屋卖掉的时候，外面传来了两个天大的喜讯。一个是城里人开始喜欢用根雕来装饰新居，这让父亲想起当年砍掉的那片小树林的剩余价值；而在父亲挖树根的时候竟在我家的后山坡上发现了煤。村里首富牛娃决定投资，大家都有份入伙。我父亲终于找到一个可以卖力气的地方了，此前他进城打过工，因为文化太低且年纪太大，最终没有成功。

在我讲这句话的时候，他老人家也许正赤着膊在地下几十米或更深的地方很不环保地挖着煤。那地方既肮脏又危险，而且随时面临取缔。我现在所用的每一分钱，都沾着他手上的煤灰和汗（幸好还没有血）。我现在唯一能做的，便是乞求老天爷让时间过快一点儿，让我早点儿再早一点儿完成学业，让我在父亲遭遇矿难之前，将他从那里拯救出来。

我想对大家说的是，贫穷不是大家不注重环保的理由。但贫穷如果不得到治理甚至根除，那环保只能是镜花水月、海市蜃楼。不是农民愚昧得不懂享受新鲜的空气和干净的水，还有美丽的风景，而是他们中的很多人还暂时没有那个能力和心态去关注那些东西。对他们简单粗暴地进行指责是无用的。

我就说这些，感谢主席、评委和保安先生让我把话说完。如果大家在离开时将手中的易拉罐和矿泉水瓶放在桌上的话，就更感谢了！

垃圾箱

〇巩高峰

坐在公交车上，我仍然没有放弃我的纳闷。

我电脑桌面上的回收站坏了，这是个很奇怪的问题。硬盘坏了光驱坏了音箱坏了屏幕坏了我都觉得正常，系统坏了都可以，使用损耗嘛。可是你一个回收站，平时一直被我叫垃圾箱的嘛，一个垃圾箱怎么可以坏呢?想想，一个装垃圾的文件夹而已嘛，竟然也能罢工，说坏就坏了。不过，我的大脑每次一上公交车，都比垃圾箱强不了多少，几乎同样的症状：颜色发灰，半死不活。

垃圾箱坏了，就是我不知道它是空了还是满了，我把手点抽筋了它都不答理我。没有原因，只有症状，反正，它从此既不允许垃圾进去，也不把垃圾倒出来。这就很让我生气，以前的垃圾箱不是这样的，它每天都乖乖地呆在我的桌面上，不言不语，不声不响。满了，清空，清空了，再装满。似乎，它来到这个世界就是为了装满、清空、装满。现在，它终于耗尽了耐心，有了情绪。它罢工了，摆着一张灰突突的脸，我得罪了它似的。

公交车摇摆晃荡，也是个暴脾气的主。自从上班后，我就一直坐它。它每天打开门，装满人，再沿途一站一站清空，装满，再清空。如同我的那个生气罢工了的垃圾箱，终于忍受不了简单重复循环枯燥。但是，公交车它不能罢工。马路可不是我的桌面，公交车要是罢工，司机和售票员可不是我。我对我的垃圾箱束手无策，只能愁眉不展地看着它灰头土脸一副无赖相耗在那儿，不管不顾。我拿垃圾箱没辙，司机和售票员拿公交车可有招，一个电话，就有拖车来把公交车拉去修理厂，大卸八块就是公交车的下场。

所以，公交车不能罢工，只能发脾气。它脸红脖子粗，它高声大嗓门，它爱堵车的道路，喜欢人烟稀少的时段。但是，它的愿望和我的垃圾箱一个结局，除了最终报废，它们的愿望永远只能是奢望。因为，电脑的垃圾永远清理不完。同样，公交车上的人永远都是满的，这一站清空，是为了下一站继续上人，而且数量不会变少，更大可能是报复性反弹。

人多声就大，嘴多话题杂。

各种社会新闻的民间口头版，娱乐小道消息生机勃发，单位领导的龌龊和同事朋友间的小摩擦——这些信息的载体是各种方言夹杂着的普通话，于是，我的双耳就是通道，一个进去，一个出来。在进去和出来之间，它们在我脑袋里纠缠交织，最后胜出的几个信息，还要再过招互掐。最终赢得胜利的，就心安理得地盘踞在我的记忆里，可能三两天，可能三两个月，才不情愿地逐渐挥发。

手里捧着书，不过是个摆设，字看不进一个，它们对环境的要求更高，理所应当就比公交车的脾气大，它们暴躁起来，群魔乱舞。那就合上书，给文字们关上门，我不能污染了自己的脑袋，还连累无辜的它们。还是给耳朵里塞上喇叭吧，我让声音和信息不能进，无法出，我是一个封闭的世界，行了吧？

音乐同样是信息，在两耳间流淌。于是哑然失笑，这样的我，不过就是一个垃圾箱，左右折腾，不过是更勤快地清空着。结局，还是为了装满。

凝心静气，我目前最需要对抗的不是公交车的暴躁，也不是信息的爆炸，是我那个该死的垃圾箱。如果它把灰色的脸膛再给我撂两天，电脑就可能会给我罢工。即使不罢工，它总可以怠工吧。我同样拿它没辙。

公交车里有人谈论怎么修理电脑的垃圾箱的吗？

我把耳塞拿开一个，世界的喧嚣争先恐后地挤进来，我的耳朵像极了早晨的公交车的上车门。最后，胜利的是一个女声，四川话倍儿溜。之所以她能胜利，并不是这亲切占据的上风，而是她的声音最坚持不懈。从我上车她就在打电话，一直到现在，她手机的发烫我几乎都能感受得到。

她在寻找一个朋友，嘈杂的车厢让她不得不增加声音的带宽，一再提高音量：他的电话号码是啥子？8911738 几？7386……

哦，等——哈等——哈，我记——哈！他现在结婚没得？哦，没结。那他有女朋友没得？

…………

四川话再亲切，可是跟我那个可恶的垃圾箱八竿子也打不着。终于熬到了我要下的站，那个四川话音调依然坚挺：对喽，你刚才说的号码是啥子哟，我忘记了，是 8 啥来着？

我忽地起身，不知是戴耳机的原因，还是我控制不了自己。我的嗓门压过了车厢里所有的声音：891173861。

镇住了所有嘈杂，我在满满一车厢的目瞪口呆里潇洒地刷卡下车。

看来我也出了问题。因为下了车，我诧异地发现我竟然坐过了一站。

布 局

○田双伶

像江海这样的，在校园里读书十几年，博士毕业留校做了文学院的讲师，面带三分学生气，谈吐七分书生气，加上清秀俊朗的气质，又是教古典文学的，熟读诗书，师院才俊，却孤单冷清，连个女朋友都没有。女生总是望着他的背影感叹，青青子衿，悠悠我心。江老师若是穿了青衣长衫，岂不比徐志摩还“摩”吗?

不少女生给江海买美食送小礼物，都被他漠然谢绝。他在心里拒绝师生恋，何况也不喜欢女孩子太聪明。中文系女生的情感细胞超敏感，一个个眉眼闪亮八面玲珑，藏着的小心眼一嘟噜一串儿跟水晶葡萄似的。经常请教问题，或是故意犯个错，若得周郎顾，时时误拂弦嘛。江海能猜透她们的小心思。

江海经常听男学生给他讲种种追女生的招数。男生接近女生的最佳战略是想法子教她点什么，赢得女生崇拜从而产生爱意。比如在滑冰场教“燕式双飞”，或在夜晚的草地上用英文朗诵十四行……中文系的女生吧，但凡有点才情的，都清高得很，别看在你眼前长发飘飘裙袂飞扬的，其实天鹅一样难追。一个个都是琼瑶笔下的女子，能描摹出一百种云的姿态，就是洗不好衣服刷不好碗，按说不招人待见的。外系的男生偏偏喜欢追中文系的女生。这样下来，中文系那些容貌不是很出众、做什么都笨笨的女生，反而身边不乏男友呵护。

江海很不屑于他们的招数——太没创意了。可是没办法，他足球踢得好，网球打得棒，打桥牌下围棋哪个能比得过他？这又怎样。文学院每天都有浪漫的故事发生，找女朋友是不难的。即便不难，总不能像宝哥哥一样，见了女生就问：这位妹妹读的是什么书，吃的是什么药啊？

没课的时候，江海总是携一本《围棋天地》，坐在湖边海棠树下的靠椅上，看天看湖看棋谱。那天带了棋盒出来准备找人对弈，却忘了带水杯，起身买饮料回来的时候，一位女子坐在那里翻他的《围棋天地》。

会下围棋吗？江海问。

会点儿吧。女生点点头。

江海从那语气里听出几分勉强。会下五子棋吧？我们下一盘，反正闲着。

一黑，一白。摆子连线。一盘棋太快，怎么让子也是几步就赢了。收子的间隙，江海和她闲聊。女生文静秀美，说叫冯秋子，是文学院的在读博士生。江海心里暗笑，读博的天天都是看书，那点灵气都被考试和论文淹没了，毫无情趣可言，会下个五子棋就不错了。一时，江海好为人师的感觉就上来了，说，五子棋太简单了，我还是教你围棋入门吧。

从金角银边草肚皮开始，什么是星位，什么是小目，江海说，围棋这东西，易学难精，慢慢学吧。

冯秋子真的就拜师学艺了。

过了一段时间，冯秋子已经入门了，江海就教她怎么布局。给她讲什么是“星小目”开局、什么是“中国流”开局、什么是“三连星”开局，讲韩国“围棋第一人”李世石，讲日本本因坊高川秀格的“流水不争先”以及大竹英雄的“求道派”……

讲得入迷，一看，冯秋子瞪着大眼睛，双手托腮，一脸崇拜状地望着他，简直呆了。

闲的时候，两人互相约着对弈，无论江海让几个子，冯秋子仍输。输了就要请江海吃饭。去的是师院后门的美食一条街，都是女生爱吃的，什么过桥米线、桂林米粉、月亮馍……江海当然也乐得去。渐渐地，和冯秋子无论下棋还是喝茶聊天都很惬意。渐渐地，江海请的就多了，喝咖啡的时候都忘不了给冯秋子灌输棋道。潜移默化言传身教，身为大学讲师的江海是懂得的。三个月下来，冯秋子棋艺大增。太有成就感了！

周末雨天，看书后百无聊赖，江海打电话给冯秋子，要不，我们下一盘？

好啊。冯秋子爽答。在江海的小公寓里，两人正襟危坐，纹枰论道。初始江海连攻带吃。随着棋盘上棋子渐多，局势渐渐变化无常，江海的面容霎时阴晴变幻起来。棋局终了，惨烈大败。江海不禁惊诧万分：弃子争先，你这招儿好厉害——我可还没教啊？

冯秋子低眉浅笑轻声说："我上中学时是特招生。围——棋——特——招——"

江海一时汗如雨下。

就在那一天，冯秋子成为江海的女友，直至后来订了婚。

而江海，从此再也不和她下围棋，连五子棋都不肯下。

MBA的旁听生

○朱　宏

原始人贝努努意外发现了通往文明世界的大门。

贝努努在文明世界闯荡了几年后回到了原始部落，并且带去了一件在整个部落引起轰动的东西。其实，那只不过是文明世界的人们司空见惯的自行车。

贝努努骑着自行车从一个部落到另一个部落，所到之处，人们争相围观。人们根本不相信这个只有两个圆圈的东西能够站起来走路。他们怀疑贝努努学到了什么魔法。贝努努因此成了名人。

贝努努成为名人后，就专门搞了一片场地，凡是想看他骑车表演的均要购买门票。尽管门票很便宜，贝努努还是凭着骑车的技艺赚得了第一桶金。

看到这门手艺能够带来财富，就有一些同伴向贝努努求教“魔法”。族人说，你教会了他们，那就不是你的独门绝技了。贝努努神秘地笑了笑。当然，贝努努的传授不是免费的，每个人都要交纳一定的费用。

在贝努努的传授下，学员们很快学会了骑车。可是学会骑车的学员们其实根本没车可骑，于是经常借贝努努的车骑，为此没少耽误贝努努的生意。贝努努就此放弃了表演，贝努努的眼球经济时代这么快就过去了。

贝努努失踪了。谣言和猜测满天飞舞。

贝努努再一次回到了部落。很快，一个简陋的自行车商店就开张了。

早期的学员们很高兴，他们买到了自己的自行车，再也不用向贝努努借车了。而更加高兴的是后来的学员们，因为贝努努开始免费教车了。贝努努的部落以及附近部落里学会骑车的人越来越多，因此贝努努卖车的生意异常红火。

凡是有利可图的事情总会有人效仿，文明世界如此，原始部落也一样。一些聪明人很快尾随着贝努努找到了通往文明世界的大门，自行车商店从一家发展到了两家，再从两家扩充到了五家，导致自行车的利润急剧降低。

贝努努于是不再引人注意。直到某一天，人们才发现很长时间不见贝努努了。大家认为贝努努和自行车有关的生意彻底完蛋了。

再次回到部落时，贝努努只是带回了一些看起来很奇怪的工具。贝努努告诉人们，车子跑多了会生病，我要为车子开一家医院，医院，懂吗？

贝努努的修车行就此诞生了。生病的自行车很快都到贝努努这里求医来了。

修车的生意很容易被复制，不久，很多部落都出现了自行车医院。渐渐地，自行车在总量上接近饱和，况且很多人学会了自己修车，因此跟自行车有关的生意成了最垃圾的生意。

骑车的熟练程度毕竟有所不同，而且骑车还有快慢之分。到底谁骑得更好更快呢？部落里的人们常为这事产生争论和摩擦。有时，发生摩擦的人来找贝努努评理，这一来触发了贝努努的一个想法。

贝努努决定举办一场自行车比赛，看谁骑得更快更远，他开出的奖金数额在各个部落产生了轰动。于是很多人前来报名。

比赛如期举行，选手的族人也组成了亲友团前来观战，他们让贝努努赢得了大把大把的门票收入。

贝努努一连串的成功把所有的原始人都惊呆了，他们纷纷问贝努努从哪里学来的本事。贝努努说，我为一位 MBA 教授服务过，经常在他们的沙龙上倒茶。

大　舅

○刘兆亮

大舅原是个“小刀手”，后来被食品站“招安”去做职业杀手。他刀锋间的活计又好又快，他一刀下去，手腕再轻轻一抖，猪的嚎叫、猪的身子、猪的命一起瓦解似水银泻地般畅快。

看过大舅杀猪的人都感叹：蒋开斗杀猪怎么跟绣花似的！

说这话的人算是看出门道了，大舅绣过花，他的专业还真是个裁缝。1968年，姥爷推着满满一独轮车粮食当“学费”，带着大舅去学了裁缝。大舅的师傅一共收了五个男徒弟。尺子、剪刀、绣花针、缝纫机等，每人先学一技，大舅个小、手小，因地制宜，他先通绣花针。

“蒋开斗，你拿针，要掂在指间，捏、挑、引、穿，用巧劲，要干净，不能粘。”师傅一句话就点通了大舅的灵性。

他绣花的手最先代替了师傅。许多来做衣服的妇女都认大舅手中的针，她们喜欢看着大舅的手动若脱兔，菊花牡丹、鸳鸯蝴蝶经不起大舅的几趟“捏、挑、引、穿”。

那个时候，我姥爷正弯着腰在田野里锄地，握着锄就没了。大舅从五十里外的师傅家赶回来时，姥爷还攥着锄不放，是大舅硬生生从他手里抽出锄把的。家里大舅最大，姥爷下了土，田里的活就得大舅带着干了。

大舅那个村还没裁缝铺，大舅是个稀缺货。村子里的叔叔大婶们都在风传一个消息：“蒋开斗就要开裁缝铺了！”

大舅领会，这是叔叔大婶张罗着要给他说媳妇的前兆。

果然，没过几天，有人上门提亲了。但大舅说不行，“爹还刚下土呢，得守一年。”

一个婶婶咬着大舅耳根说：“你爹就是因你个头小，怕娶不上媳妇才送你出去学裁缝的，他把家里的粮食推走了一大半后，自己一天只吃一顿，他是饿死的啊，你不能再等了！”

大舅还想张口，婶婶的一句话把他堵住了——“别犯糊涂了，你还只会绣花呢，别露馅了……”

这句话被谁从风中偷听了，又传在了风中。大舅说媳妇的事麻烦大了。许多人都说大舅笨，学了裁缝却只会绣花，只会干女人的活。

这个麻烦一直等到上世纪80年代才解脱。大舅娶个外乡的傻婆娘，尽管样子还不赖，就是整天傻笑，向左歪着头笑，一笑几个钟头不停。听说是念书念傻的，不会种地，但能拿着毛笔写字。

大舅还是每天到田里去讨生活，周围的人也都劝大舅了：“你看你媳妇也干不了活，再看看你的身板子，干一辈子农活是不行的，得重新学点手艺了。”大舅苦恼地说：“我都三十了，学什么能撵得上趟啊？”

那老婆也不管大舅死活，一天吃三顿一顿不少，一天笑几个钟头从不间断。还不知从哪里弄到一支毛笔，在地上写着各种各样的字。

有一年过年时节，大舅铲完大白菜，背着一蛇皮袋白菜，累得呼呼喘。回家看到老婆又在歪着头笑，望望别人家的炊烟，看看自家冰冷的灶台，放下蛇皮袋，就抬手给了老婆一巴掌。一巴掌下去，她还是笑，不仅笑，还猛地拿起毛笔蘸上水，在干燥的黄泥墙上写了大大的三个湿字：裁缝铺。

字刚写好，门口吵吵闹闹跑过来很多人，前头还跑着一头猪。猪慌不择路地光临了“裁缝铺”。

大舅愤怒了！他抄起铲白菜的铁铲，迎头铲向那头猪。铲尖不偏不倚正中猪要命的脖子深处，大舅的那个小手、那条细胳膊都跟着铲子进去了。随猪而来那群人赶到大舅门前时，那猪只“哼唧”一声就歪倒不动了。

“他奶奶的，真是好刀法!”说这话的是方圆几十里最有名的杀猪匠。当天，杀猪匠被请来杀猪过年，没想到失手让猪跑掉了，却被我大舅一怒之下给宰了。大舅一刀成名，以后村里逢年过节，大舅就忙于替人家杀猪，猪杀完，下水就归他。后来，大舅的刀法与脑子都更加活泛起来，就自个儿杀猪卖肉，成了小刀手。小刀手不仅养活了老婆，还养出了两个挺好的儿子。

这一干就是十几年，直到后来被招安去乡食品站当“职业杀手”。

大舅就是在刀尖上吃饭，吃得不错，所以从来不问刀子之外的事了。

至于学过裁缝那码事，似乎早忘在这么多年来的某一次快意刀锋中了。

只是有时候做完几头大猪回家后，大舅会很累，就会耷拉着脑袋看老婆的傻笑，大舅感觉老婆的笑其实也挺好的，至少比哭好吧?

某一天，大舅觉得那笑里都是皱纹。

耳边也想起了乡邻说的一句话——“你老婆老了，从笑都看出来了，岁月不饶人啊!”

然而，没过几天，许多人看到了大舅老婆的笑容不那么苍老了。

仔细一瞧，原来她向外翻的右侧衣领上添了一朵水灵灵的、小巧巧的、浅红色的菊花。

大舅老婆向左歪着头笑时，那菊花就露出来，菊花还随着她微微颤抖的肩一颤一颤的，像正在开放呢。

知道大舅底细的人忽然明白了：怪不得这些天街上的肉少了，原来蒋开斗在家绣花呢，到底他是学过裁缝的啊!

请你叫出我的名字

○郭凯冰

方圆在五十岁的时候接到一份快件，里面有一封信，告诉他十天后当年红星中学高三（2）班要举行一场聚会，地点是学校对面新建的酒店大厅。还附带一个规则：与会者进门不能通报姓名，只对大家描述当年的自己。同学们根据描述叫出与会者的名字，他才算通过身份验证。

这封信让方圆很激动，要知道他已经很久不激动了。

方圆在一个很不起眼的单位做着一份很不起眼的工作，常常被忽略。那一次单位好不容易从外地拉来一车江米，一人一袋，工会小王负责发放给每个人。等还剩下一袋的时候，小王怎么也想不起还有谁没发。不可能多出一袋啊，二十个人二十袋，正好，怎么还多了呢？挨着办公室问，就差方圆的。还有一次，主任请吃饭。互相敬酒的时候，主任端着酒杯，盯着方圆，竟然想不起他的名字。好在方圆是个挺平和的人，他想，自己没做出什么成绩，又没职没权，何必指望人家会把自己记在心上呢？

这份快件让方圆的心一下子敞亮起来，他对这个发起者如此的创意充满了感激。要知道，高考结束的那天晚上，方圆在日记本上做三年高中生活总结，第三条就是“三年中未犯错，未被老师批评”。

聚会前一天，他就来到了当年读书的城市。第二天一早，他没坐车，而是慢慢走着去当年的学校。那份激动太美好了，他想好好享受。过马路的时候，他正在满脸含笑回忆高中生活中一件件好玩有趣的事，身边一个十几岁的少年说，伯伯，绿灯亮了，你干吗不走啊？

方圆冲少年笑了一笑，突然感觉自己笑得很青春。“很青春”是方圆孙子经常说的一个词语，他一直不理解“青春”前面怎么可以用“很”这个字来修饰。但是，这天，方圆明白了，原来感觉自己青春回来的时候，自己也“很青春”。

方圆就这样含着很青春的微笑踏着很青春的脚步来到了约定的酒店。大厅里已经有很多人，男的女的都老了，也都有了皱纹赘肉。大概每一个与会者进门前都很认真地描述当年的自己，所以方圆来到门口时，门口还有好几个人在排队，等着做自我描述。

某某，我是你同桌，每次打扫卫生，我都偷懒，你跟我干过一架，把我鼻子打破了，你妈赔了我六个鸡蛋！

忘了？哥们儿姐们儿，我就是那个当年天天在教室后面罚站的小毛啊！

嘿，你吃了我当年偷的柿子，竟然忘了我的名字，要知道这样，我就不给你吃！

这么提醒着，大家就陆续对上号了，当然免不了一番打闹玩笑甚至狠狠地拥抱。

轮到方圆，他自豪地说：我那时候很听话，从来不打架骂人！上课不太回答问题，但是我做值日从来不偷懒！

方圆这么说着，感觉马上就会有人叫出他的名字，可是大家竟然继续盯着他的嘴巴。方圆知道，他提供的这些，还不能让同学叫出他的名字，于是继续：我上课从来不迟到，下雨的时候也没有逃过学……总之，我是班里从来没有犯过错、从来没有挨过老师批评的一个。方圆及时想起了当年的毕业总结。

还没有人叫出他的名字，有几个已经不愿再听他说什么了。也许是为了解除他和他们的尴尬，有人说，报上名字吧，就差两个人了。看看你到底是不是我们班的，也许我们寄错了邮件呢。

可这时方圆突然泄了气，站在那里不说话。于是大多数人不再看他，他们开始跟当年的朋友闹腾起来。搂脖子的，捏耳朵的，还有女同学比画着腰身。

几个不好意思走开的女同学挤着微笑面对着方圆。

“我是大屁！”方圆身后突然响起了一声炸雷。

那些搂脖子捏耳朵比画腰身的都面向方圆身后，然后很多人笑着跑过来，喊“刘大勇”。方圆当然也在心里喊了一声“刘大勇”。

对，刘大勇。刘大勇本来是个很不起眼的男生。他不高不矮，不胖不瘦，脸不长也不圆，不白也不黑。刘大勇走在街上，就属于那种最不起眼的。可就是这个刘大勇，因为一件事，被大家记住了。这也是方圆记住他的原因。

那天，全校师生大会，校长讲得很动情，大家听得也很专心。会场上，除了校长的声音，就是远处偶尔传来的几声汽车喇叭声了。就在这美好氛围中，突然就来了一声巨响。所有人都突然一愣，然后，会场就炸了锅，同学们前仰后合地为这一声响屁怪叫大笑起来。这屁的主人刘大勇一次出名，很多外班的同学慕屁而来，要认识一下敢闹出大动静的刘大勇，到底何许人也。

没有人注意到方圆出了门。方圆觉得自己的青春丢了，或者从来就没有过。就是啊，没有一个人记住他青春的样子，也不记得他青春的事情，那么，他的青春曾经有过吗？日记上那个从来没有犯过错、没有被批评过的男孩子，存在过吗？

第二天早上，方圆的同学都聚在餐厅吃早餐，吃完之后，他们将各奔东西。餐厅西墙上液晶电视正在播放本市早间新闻：昨天上午九点，济南路上，一名叫方圆的男子过马路时无视交通规则，硬闯红灯，被一疾驰而过的轿车重创。今早从市立医院得知，方圆经医治无效，死亡。本台提醒广大市民注意交通安全。

所有的人都将脖子扭向电视屏幕，又扭向身边的同学：

方圆？

方圆！

方圆——

汉字的战争

○嘉　男

突然，喊杀声从四面的草丛中整齐地跃起，参差不齐地向内聚拢，稠密的大军迅速弥合成了一个完美的圈子，向中心移动着，越来越近。

兵和伙伴们挥舞着大刀，向外冲，闭着眼睛一路砍杀，喊声和呻吟声交织在一起。他只看到血，却没有路，不断地有人挡在他的面前，他不断地挥刀，一寸寸向前。挥杀间，他突然感到左大腿凉了一下，身体无法平衡，扑通倒下去，紧接着伤口就热辣辣地痛起来，他少了一条腿。然后，右大腿也嗖地一凉，成为空，火辣辣地痛。为了不被踩死，他挥舞着手臂，从千百只腿脚的缝隙中向外围爬去。敌人只忙于站立的人，没有人注意他，注意到也没有人会相信他能活下来。于是，他有机会继续爬着，那场混乱的斯杀渐渐地落在他的后面，声音淡远了……

终于，他爬到了附近的一座小山丘上，他以为这样可以看得远一些，把世界看得清楚一些。他还在这里找到了止血的草药，忍着苦用嘴嚼烂，敷到了伤口上。血止住了，可他失了太多的血，斯杀和爬行耗尽并透支了他全部的力气，他刚做完这一切，就在半山坡上晕过去了。天地间只是寂静。

不知过了多久，他醒来。他听到一声低沉的问话："喂，你叫什么？"

他四下望了望，没见到人，很是困惑。这时那声音又问了一遍同样的问题。他这才迟疑地答："我……叫兵。"

“兵?”

“对，古人发明我这个字的写法时，我的形状是一个人双手举着斧头。”

“噢，是兵器啊。”那声音说。

兵说：“这个字本意是兵器，不过现在引申为兵士了。”

那低沉浑厚的声音又同情地说：“刚从战场上下来吧？该死的战争，都把你变成我了。”

兵又困惑地四处逡巡，不解地问：“我怎么变成了你，你是谁，你叫什么?”

“我叫丘。”

“丘?”

“就是你身下的小土山啊，写出来跟你原来很像的，跟你现在的样子一模一样。”

兵低头看看丘，上下左右地研究，说：“你一定也经历过一场恶战，战争真是残酷啊，看，你的两条腿都被炸飞了，可不跟我现在一样吗!”

丘说：“你说得不完全对。‘丘’字的本意是小土山，古人造这个字时的写法是，两个小山在一条地平线上，后来，经过金文和小篆的演变，就变成现在这个样子。但我的身世可没这么简单，我原来可是‘岳’啊，我搞不懂是哪一场战役，一方的士兵把我的半山腰做了阵地，另一方就向我猛烈开火，把我的下半身炸毁了，上半部轰隆隆塌下来，可怜我巍巍一座山岳，沦落成现在的小丘。”

兵点点头，思考了一会儿，找到一根木棍支撑着身体，大口大口喘息着，艰难地把自己立起来，可是没立住，伤口的剧痛又让他大叫一声倒了下去，汗都滴到了丘的身上。

丘说：“你要干什么？别看我现在这个样子，但还能给你庇护，给你提供草药，提供野菜或干果，你就在我这儿好好养伤吧。”

兵不说话，仍然喘息着，一脸大汗，他咬紧牙，又一点点把自己的躯干立起来，终于立直了，疼痛使他浑身颤抖，但他坚强地挺住了，没有再倒下去。

他看着远方对丘说：“哥们儿，别灰心，你看，我，一个失去双腿的士兵，再加上你这个小山，就是一个‘岳’字啊，又一座山岳不就矗成了吗？战争破坏了我们各自的完美，但我们齐心合力，就能使残存的事物重新变得完美!”

天上的云看见，一座新的山岳真的长成了。

它慢慢地变得高大伟岸，变得丰饶，变得奇丽，变得祥和纯净，成为地球上的旅游胜地，和平的人们在岳麓山巅，洒下欢乐的笑声……

错别字

○马　卫

陈刚全小心翼翼地走进语文组办公室，因为他今天又犯错误了。下课后，他把从上学路上捉的一只青蛙放在同桌女生王慧的桌子抽屉里，青蛙蹦出来，吓得王慧晕倒在地上。要知道，王慧先天心脏不好，搞不好就会出人命。这不是犯下大错了吗？班主任何老师的脸都气青了。可是，令吓得脸色发白的陈刚全没有想到的是，何老师居然没有批评他，只是安排学生把王慧送到医务室后，让陈刚全吃过午饭后，到她的办公室去。

陈刚全哪还有心思吃饭啊，他在等待何老师的“暴风雨”来临。上学期，班主任是周老师，每次他惹了祸，周老师就让他到操场跑一万米，然后在沙坑里跳半个钟头。虽然没有批评他，但体罚得他当晚脚肿、腰疼、屁股怕挨床。何老师接手后，陈刚全还没有出过大错，成绩也没有上升，仍是班上倒数第一，因此不知道何老师会怎么处置他。

“你坐吧，先写份检讨书。”

何老师轻言细语，这让陈刚全一下子无法适应。要知道，作为凉水中学最捣蛋的一个，检讨书他不知写过多少回，那能有什么用啊？何老师是优秀班主任，难道这点她都不明白？陈刚全的心一下放松了。何老师在一边改着作业，像根本没有一个学生在身边似的。

磨磨蹭蹭，大约花了半个钟头，陈刚全才写好检讨书。

“我的天，你咋这么多错别字呢？”何老师一脸的惊讶。她认真地数起来，一篇不到三百字的检讨书，居然有 87 个错别字。

这下陈刚全脸皮再厚，也红了起来。“老师，我的语文成绩……”

可何老师并没有说他什么，就放他回去了。只是把他写的检讨书郑重其事地放在一个卷宗里。陈刚全忐忑不安地离开了。

第二天，他不安地找到何老师，问：“您真的不批评我？”

何老师一脸的莫名其妙：“难道你想挨批？”

“谁想挨批啊，可是……”

“我只给你提个要求，每次考试写作文，只要你全部用错别字写，就得满分。行吗？”何老师很认真地说。

陈刚全一下傻了眼：“何老师，你是不是说颠倒了？全部用错别字写？”

“没有说颠倒。就是要全部用错别字写，否则不给分。”

开始，陈刚全以为这没有什么，但一到考场才知道，一篇八百字的作文，要全用错别字，根本无法写出来，因为有好多字他都分不清正确与错误。那次考试，作文当然没有得分。

第二次还是没有得分。第三次仍然没有得分。

直到那次期终考试，他才得了分——全部用上了错别字。而且陈刚全的成绩从此直线上升。他可是全校有名的调皮大王啊！

其他老师很不理解，何老师一点就破——要全部用错别字，得先知道什么字是正确的，这样陈刚全就不得不下工夫啊！教研室的老师全都竖起了大拇指：“高！实在是高！”

很多年后，陈刚全大学中文系毕业，恰好上海的一家杂志社在全国招聘编辑一名，陈刚全脱颖而出，轻松获胜。当他到编辑部上班，主编问他为什么能辨别出如此多的错别字时，他便讲了中学时何老师叫他用错别字写作文的故事。主编也感叹不已。

错别字改变了陈刚全的一生。

陌　路

○胡　炎

李四常说，老牛，好人啊！

老牛是看公厕的，李四是他的一个“客户”。不过李四在这里享受优待，别人要出三毛钱，他可以免费。

李四在附近摆了个烧饼摊，他系着围裙，擀面烤饼，老婆负责卖饼收钱。天长日久，李四的脸也像烧饼一样，烤得焦黄。打老牛接了这个看公厕的活儿后，李四就没掏过钱。头一次李四和老牛搭话，足有十几分钟，把烧饼摊都放下了。老牛很感动，因为李四不容易，为了养几个儿，从农村出来讨活路，什么苦都受了。老牛想到自己辛苦一辈子，不也是为了儿吗，心一热，当下就和李四拉得很近了。

李四可以免费如厕，心里也有些过意不去，有时就送烧饼给老牛吃。可老牛不要，老牛这辈子就一个脾性：不占别人便宜，宁肯自己吃亏。老牛如此坚决，李四便也不再坚持。久而久之，两人都习惯了。

一晃便是年余，李四省下的如厕钱，究竟可以折合多少烧饼，谁也不清楚。老牛更不会在意，尽管这些钱和他的收益直接挂钩。

初夏的时候，市里来了个新市长。新市长很务实，第一件事竟是整治公厕。全市所有公厕全部拆掉重建，每座平均投资30万元，既美观又实用，很上档次。老牛还负责看管他那座公厕，不同的是不再收费了，公厕全部免费开放，他只提供服务，像手纸洗手液什么的，给人备好，再有就是必须时刻保持卫生。

真是个善举。老牛这么想，市民们更是齐声叫好。新市长的威信一下就建立起来了。

李四照常如厕，照常和老牛侃几句大山。这天，李四来时还拿着一个空了的矿泉水瓶子。老牛有些纳闷儿，等李四出来时，那瓶子里已经有了内容。老牛进厕所检查了一下，洗手液没了，一卷手纸也没了。老牛走出来，看着街对面的李四，忍了忍，什么也没说。

可这个头开坏了。李四再来时，想要什么，都是明的了。用水拿桶取，洗脸洗头都在这里，洗手液、手纸甚至挂衣钩他照样顺手牵羊。老牛的脸色越来越不好看，可他还是下不了决心，怕话说出来伤感情。李四可不这么想，倒是大大方方地对老牛说："牛哥，下回洗手液、手纸啥的多弄点，炕一天烧饼，全身汗油，用得多呀。"

老牛终于无法沉默了，他看着李四笑嘻嘻的脸，把话说得很沉："兄弟，这儿的东西，往后就别拿了，就这么点东西，你拿了，别人就没用的了，你多体谅老哥。"

李四的黄脸起风了，下霜了，结冰了。好半天，李四把手叉在腰上，脑袋微微歪向一边，说："亏我叫了你一年哥！你怎么说变就变？这是公家的东西，凭什么我不能拿？"

老牛叹着气，摇着头："兄弟，话不能这样讲……"

李四冷笑了，那脸就少有地狰狞起来："给你说，你不就是个看厕所的吗，牛什么牛？赶明我把马桶也搬走，你能把我怎样？哼，这是公家的东西，听清了，公家的东西！"

老牛腿一软，蹲在了地上，拼命咬着牙，牙一松老泪就会掉下来。

从此，两人成了陌路。

再往后，公厕免费开放难以为继，全市又恢复了收费。正当李四伤脑筋的时候，老牛走了。应他的强烈要求，领导同意他去别的地方看厕所了。

李四松了口气，边烤烧饼边嘀咕，往后不知还能不能再碰见个像老牛那样的人，可以免费上厕所……哎，老牛，好人啊！

道歉时代

○阿　社

如果我问，你听说过赵一先生吗？

你肯定会答，废话，在N市，赵一先生家喻户晓，谁会不知道？

我再说，赵先生登报向我道歉了。

你会说，大话！赵先生跟你认识？赵先生怎么可能会向你一个小人物道歉？你何德何能让赵先生侵了你的权？你又有什么能耐让赵先生这位叱咤N市房地产界的大亨登报向你道歉？

我说，笨蛋！赵先生登报公开向全市人民道歉的事你忘记了吗？赵先生说不经意间对N市房价上涨推波助澜深表歉意你忘记了吗？

你说，但这关你什么屁事？

我说，我不是N市市民吗？赵先生向N市市民道歉，毫无疑问地包括了我，这么简单的道理难道你不懂吗？

当然，对于这样的事情，你可以认为无聊，也可以一笑置之，但是我想郑重告诉你的是，自从赵先生向包括我在内的N市市民道歉后，我这几天心堵得慌，我甚至突发奇想，我也要公开道歉！

是的，我也想道歉，我想向赵先生道歉，我想登报公开向赵先生道歉！之前，我总认为赵先生无非也是奸商一个，但是自从看了赵先生情真意切的公开道歉信后，我想，赵先生容易吗？我与赵先生素昧平生，我怎么能对人家有看法呢？而且人家还主动向我道歉了，这让我不得不对过去自私的想法感到自责，因此，我也产生了想道歉的冲动。

当我翻开《N日报》找广告联系电话时，我又看到了《致全市市民公开道歉信》。我迫不及待、一字不漏地读了，咦，这回不是赵先生，而是N市的两大燃料公司之一的老板钱先生。钱先生说，他曾有捂油惜售的行为，他对N市油价上涨负有一定的责任，他向全市人民道歉，并率先在同行中作如下若干表态云云。道歉信下面还附有该公司新出笼的一套服务方案。

我肃然起敬，钱先生也是好样的，以后加油就去他的公司！

于是，我对向赵先生刊登公开道歉广告一事犹豫了。这并不是打退堂鼓，而是我想，我也曾经错怪了钱先生，我不能厚此薄彼，我也同样需要对钱先生道歉。

正在我一丝不苟筹划我的道歉广告的这几天当中，令我惊讶的是，这一连几天，《N日报》每天都有公开道歉信刊登出来。

最令人们掉眼球的是我市的当红女星洪星小姐也出来道歉了。洪星小姐说，她为上次在电视采访中说了一些不雅的言语并伤害了N市人民的感情深表歉意。洪星小姐不是在事件之后仅说了一句表示遗憾的话而拒不认错的吗，怎么也做出如此深刻的道歉了？

偶像一道歉，我突然又感到洪星小姐又恢复了以往的青春与光彩。我还发现，在报纸的另一版面，是洪星小姐新专辑推出的整版广告，我想，如果我老婆知道了，肯定又去抢购了。

除了洪星小姐，这几天公开道歉信真是目不暇接，先是某某肉品公司的孙董事长，接着是某某物资公司的李总裁，再接着又是陈CEO、张总经理……

这太令我措手不及了，他们诚挚的语言感动了我的同时，也一次次打破了我的道歉计划！我又经过几天的梳理，最后决定亲自前往《N日报》广告部。

我向广告部的郑经理说明了来意。郑经理听后哈哈大笑，说，报纸的广告至少已经排到了三年后，而且每天都在不断地增加广告版面，用洛阳纸贵来形容丝毫不过分。

郑经理见我满脸愕然的表情，补充说，你想想看，N市各行各业的各大公司都争着要刊登道歉广告，而且像你这样的市民有这样的想法也想刊登这样的广告的也大有人在！

我说，能不能通融通融，让我插队，让我的广告先刊登出去。我还表示，我不会亏待郑经理您，我会私下感谢感谢郑经理您的。

郑经理连忙摆摆手，说，不行不行，这可不行，你看，今天我们的《N日报》也刊登了我们报社的致全市人民的公开道歉信，我怎么可以在这个节骨眼上这么做呢？

郑经理的一席话，让我感到无比的沮丧，我悻悻地离开了报社。

回家的路上，我遇到了在市场卖猪肉的王二麻子。王二麻子刚收档也要回家，见到我，抓住我的手，满脸愧疚地说，兄台，你经常帮衬我，我却短斤少两的，对不起呀！我沮丧的心情突然一激灵，多朴实的老百姓啊！我连忙说，都过去了，不提了，不提了。

我到了小区门口时，五金店的周老板看见了我，跑了出来，说，兄弟，对不起呀！我一脸茫然。周老板说，之前卖给你的电灯泡、插座什么的多是伪劣产品，实在是对不起呀！我说，你不说我还不知道呢，看来你也是老实人呐，下不为例就行了，我不怪你！

给王二麻子他们耽误了一下子，回到家时，已经是十九点了，我想，老婆肯定又生气了。果然，老婆听到我的开门声，从厨房跑出来，对着我喊，什么时候啦，什么时候啦，也不早点回来帮帮手！

望着老婆怒气冲冲的样子，我没了以往的唯唯诺诺，心中却是一阵狂喜，终于逮到一个道歉的机会了——我为我的迟归向你表示最诚恳的歉意！

老婆怔住了，她为从不道歉的丈夫突然的道歉感到愕然！老婆的脸霎时间多云转晴，老婆温柔地说，忙了一天，你累了，先在沙发上休息一下，马上就可以开饭了。

我躺在沙发上，厨房飘来一阵阵菜香味，而这时客厅的音响正在播放的是洪星小姐的最新专辑——《对不起》。

一只穷猫的理想

○曹炜明

它出身于一个单亲家庭，从出生就没见过父亲，而且也不知道父亲姓啥叫啥。不过，在母亲的精心培育下，它总算长大成猫了，可由于家境贫寒，常常三餐难继。

很小的时候，它便学会了抓老鼠。穷猫家的孩子早当家。它从小便树立下伟大理想：做一只出猫头地的猫。它看不惯那些富贵猫，特别是那些“富二代”的猫，它们过着无忧无虑的生活，财富很多，从来不用自己亲自抓老鼠。其实，它们也并不稀罕鼠肉，因为它们老是有羊肉啊饼干啊之类的东西吃，而且想吃多少就吃多少。

有时候，穷猫很羡慕富猫们，但这没有用，于是穷猫打心里便认了：富猫与我比父母，我与富猫比明天！

于是，穷猫特别努力，它总是很早就起床，干什么呢？练本领啊。爬墙、高攀、练嗅觉、找鼠洞……这些成为它每天的必修课。只要功夫深，不愁不富裕。多年的努力和坚持后，它练就了健壮的身体，灵敏的身手，可谓本领了得，害得老鼠闻之心惊肉跳。

穷猫为自己的本领感到自豪的同时仍然非常勤奋，每天夜里忙个不停，为的是抓更多的老鼠，赚更多的钱，成为真正的富猫。

功夫不负有心猫。穷猫每夜的收获都非常大。有时候一夜能抓十几只老鼠。有一天，它提着老鼠从一只富猫家过，想不到那些富猫子弟们个个目瞪口呆，它们叫道："这是什么呀？怎么没见过？"

穷猫告诉它们："这是老鼠。"

"老鼠，是不是野生的？"一只富猫问道。

"野生？"穷猫起初有点不明白，但聪明的它马上领会了，于是笑道，"对，就是野生的，很稀奇的那种，大补啊！"

话音刚落，它手里拿着的十几只老鼠被一抢而光。那一天它足足赚了5000元。

穷猫那个高兴啊！于是它带着这些钱去市场买了一些羊肉、饼干，还有一瓶酒。它一边喝酒，一边吃肉，美啊。"想不到，这玩意比老鼠肉好吃多了！"穷猫抹抹油乎乎的嘴巴想。

从此，穷猫更勤奋地抓老鼠，不过，它再也舍不得吃了，因为它要留着卖给那些富猫，这样便可以赚更多的钱，然后便可以买更多的羊肉、牛肉、饼干、酒……

终于有一天，穷猫变成了富猫。它想：我再也用不着辛辛苦苦抓老鼠了。它有享受不完的财富了，从此，它再也不稀罕老鼠肉了。它最喜欢吃牛排，每天都有专门的厨师为它做最鲜美的牛排，还有猪排、鸡肉……什么山珍海味，它都享用不完。它生了很多孩子，它想：我养得起，不怕！

最让穷猫感到欣慰的是，它的那些孩子都非常孝顺，虽然过着衣来伸爪、饭来张口的日子，但孩子们个个读了商学本科，有的甚至还读了硕士、博士，还有出国留学的。它不愁它的事业后继无猫。

这天是穷猫的生日，孩子们都从外地回来为它庆祝。其实，吃惯了山珍海味的它，几乎天天都像过生日般。但孩子们的盛情难却啊。

餐桌上，一支《祝你生日快乐》歌过后，孩子们突然拿出一样礼物，齐声叫道："爸爸，我们给您带来了您从来没有吃过的好东西，听说是最天然的保健品，很补很补的，特别是对于我们猫家族。市场上都卖3000元一斤呢！"

穷猫听得口水直流，它迫不及待地猛抓开一层又一层的精美包装纸，当礼物呈现在眼前时，它的眼泪忍不住流了下来：原来是自己小时候常吃的老鼠肉！

看着父亲那种奇异的表情，它的孩子们都呆住了。

双　规

○朱春生

远离了城市的喧闹，赵明的身子在乡村里舒展。走在田间地头的赵明任三月的微风拂面，清爽的思绪犹如满眼嫩绿的色泽，在胸中慢慢地充盈。

赵明弯腰捡起一枚石子，抡圆了胳膊朝前边的池塘扔过去。石子没有酝酿，也不需要酝酿，和四年前一样，也和去年前年一样，与水面亲密接触后，欢快地开出一团花，就安静地消失了。

四年前的现在，刚被任命为副处长的赵明从城里头回到千里之外的老家。因为年前年后一通紧张，已经有好长时间没有回老家了，疲惫的赵明踏上乡村小道，亲触着久违了的乡情，身心不由得放松开来，曾熟于心的乡村映像就都在眼前活泛，引得他手心发热，脚步轻快。

随后的日子里，赵明时或在村前村后转悠，看鸡狗跳闹；时或看精瘦的树在吐着嫩叶，看晨雾炊烟慢慢地消散；时或坐在小竹椅上，泡杯青茶，和父母随意说着话，品味乡村人和事的变化。

乡村里的呼吸匀称、悠闲，心放松了不说，情绪也闲散着，回城的赵明便有些依依不舍。

赵明和前几次回乡一样，衣服随意地穿，扛着锄头下地的脚步虽不是那么稳，但亲手间苗、翻地的感觉却很实沉。

赵明把一双与公文、材料接触的手接触乡间的石板，把石板搬动翻开，看石板下的世界。

石板下的蚯蚓、叫不上名的虫子在石板翻开的时候，纷纷扭着身子，急促地往土壤里钻，不一会儿便没了踪影，只留下一个又一个空空的洞以及蜕去肉体的躯壳。

赵明默默看着。赵明小时候常常这样看，看蚯蚓、虫子等狼狈而逃，心里觉得特别畅快。现在这样来做，不仅是一项难得的锻炼方式，让腰肌、臂肌、臀肌一股脑运动着，更多的是从这样的场景里触摸一种不透光的隐藏，一种重压下的生存，为的是让自己得以放松，得以释然。

拉着父母的手，轻轻抚摸粗糙的历经岁月的痕迹，犹如抚摸一弯又一弯的岁月。抚摸的时候，赵明不自觉地把头低下，让自己的额头摩擦父母粗糙的手。阳光下，赵明的眼里饱含着泪水，泪水里，一抹久违的亲情在温暖地缓缓释放。

赵明忽然想到时下经常提及的“双规”一词来。想想这几年自己定时地回归乡村，还真有点“双规”的味道：在规定的时间里回乡村和父母聚聚，一起叙叙亲情；在规定的地方和土地接触，任乡村的一叶一花在眼前浮动，感悟一抹生存的力量。

两者如此的一种结合，还真有些妙，还真有些滋味！赵明兴奋得跳了起来，然后安静地坐回到小竹椅里，思绪久久不能平静，莫名地觉得这样的“双规”还真是好。

一个人活着，不光要好好约束自己，使自己不因违规而被社会层面的法律法规条款所“双规”，还要在亲情和土地面前自觉接受“双规”，从而让自己时常有所约束，时常警醒。

踏上归程，赵明为自己接受了一把“双规”而激动，暗地里对自己说，每年要回乡村里看看，让亲情和土地每年给自己来一次“双规”，使自己不忘亲情，不忘土地，并在亲情和土地的作用下，保持一份警醒，集攒一份活力。

回到城市，赵明的心还在乡村里，身体和大脑却已旋转在单位，旋转在紧张有序的工作之中。接连痛快地处理了几项工作后，赵明邀同事们小聚。

一杯又一杯的小酒把聚会的氛围搞得很浓。赵明讲着他回家的见闻，讲着“双规”的感受，引得同事们啧啧惊叹，纷纷表示这个创意太高明，创新精神很强不说，还紧跟时代步伐，我们得好好学习，好好借鉴。

转天，赵明去单位上班，办公楼内显得很安静，迎面碰见了几个同事也都只是冲他点点头，然后急急地回到自己的办公室里。

赵明下意识一愣，怎么这个氛围有些让人吃不准，有些让脊背生凉呢？

赵明拿了几个请示件去局长办公室。局长一直对赵明很器重，签阅了文件后，局长亲切地问赵明，这段时间还好吧，怎么不见你的身影呢？

赵明给局长倒了杯茶，然后站立在一边，说，我回了一趟老家，每年这个时候，我都请个假回去看看的。

局长哦了一声，说好，应该的，听说你最近搞了项创新？

赵明脑中飞快琢磨着局长的话，心里想，局长所指会不会是上个月交代的一个调研课题呢？便说，局长，您上次安排的课题我正在抓紧时间论证，里面有些新的想法，这两天就出来。

是吧，还有其他的吗？局长的脸沉了下来。

赵明一阵紧张，小声试探着说，局长，怎么啦？

你这次回家，听说很有收获啊。局长拿眼盯着赵明。

赵明慌乱地回避局长的目光，说局长，我这次回家没什么收获，只是接受“双规”，并有一些小感触。

你说什么，双规？你被双规了，你犯什么事了？我怎么不知道？局长的语气有些急促。

赵明没想到局长会是这样的反应，更让他惊奇的是，局长原本背在身后的手一下子放下了，而且挺直的腰一下子软塌了下去。

赵明吓了一大跳，猛地意识到自己拿“双规”来运用、来说话是不识时务的，背后的汗立即就下来了。“双规”这样一个严肃的字眼怎么能随意用？这样一个敏感的话题怎么能随意说啊？

他的眼前不知怎么就浮现出翻动石板时的情形来。石板被翻开后，石板下隐藏的蚯蚓和虫子便匆匆地钻入土里，不敢再露出头来。他想重新把翻开来的石板放下，却发现揭开了便不可能回到原来的样子，因为阳光已经渗透进去了。

赵明长长叹了口气，知道自己的“双规”计划就此搁浅了。

假如飞机像“小公共”一样普及

〇小　娱

售票处：

无人。自动广播里传出这样的声音：某航100001航班，目的地北京，票价5元，不设找零，月票请出示。先买票的乘客请往里走，2号大厅候机……

安检：

人声嘈杂。有人扛着蛇皮袋，有人拎着活鸡活鸭，安检员满头大汗：“你这可得补票，超重了。”“凭什么啊？上次背了两麻袋土豆都让我过去了！”另一个乘客凑过来：“来来来，哥们儿，抽根烟，我这批活鸡不麻烦你，机舱摆不下，你帮我绑机翅膀上得了，反正它们自己也能飞，不浪费飞机的动力……”

登机：

空姐小丽戴着红袖箍，挥着小旗，拿着扩音器：“都别挤，排好队……你，你票呢？没买票就上来了，罚10元！什么，你是王机长他老舅，那什么……算了，进去吧……”

起飞：

飞机爬升到80层楼的高度，正在城市上空盘旋。机长打开舱门，喊道：“嘿！80楼楼顶那位，北京走不走，5元一位，有座儿，快点上来，我给你停一分钟，你跳过来……”

飞行：

1. 一个小朋友要求小解。小丽："厕所都让土豆占了。这样吧，我给你打开门，你就先将就一下吧。对了，外面风大，系好安全带啊！"

2. 某乘客抱怨："哎，我缩火鸡！（哎，我说，伙计！）你姐套餐也推没档次了！（你这儿的早餐也太没有档次了！）你姐（这）里头咋连个包子、油条都没有啊？最起码也得给碗馄饨吧！"

3. 副机长："看，头儿，前边有架飞机！"机长："浑蛋！是100002号，这小子就知道跟我们抢航线。告诉后面坐好，我要'超机'……"

4. 小丽："机长，外面有UFO！"机长："快看看里面有几个人……外星人20元一位，问他们走不走?"乘客发牢骚："挤成这样还上人……"

5. 飞机剧烈抖动。小丽："各位乘客，刚才飞机出了故障，两个发动机坏了，我们可能会晚点儿到。"乘客："怎么搞的，要是四个发动机全坏了，我们岂不是要在天上过夜！"

6. 小丽："机长，刚才有个小朋友小解时，掉下去了。"机长："背降落伞了吗?"小丽："背了，不过他把书包放飞机上了。"机长："你瞧你们这点事办的，把书包也绑个降落伞给空投下去。小孩子，没书包怎么上学啊……"

降落：

小丽："机长，人都下去了。晚上咱们哪儿吃去?"机长："你们啊，一天到晚想着吃，这个月任务又完不成，没了奖金，我看你们都去喝西北风！你赶紧再到售票处去一趟，跟小张说一声，来了乘客先给我们装上，趁着早，我们再飞一趟……"

萌动的绿

〇肖 晨

刘跟顺的残疾，是因为我。

刘跟顺那时正在过马路，我一脚刹车没踩住，就把他给撞倒了。车祸发生后，我几乎倾家荡产，因为我开的轿车，是朋友的，我没有驾驶执照，我不是车主，一切，都得我负责。

虽然我几乎倾家荡产，我老公还因为这事跟我离了婚，但是我是很感激刘跟顺的，因为法院最后判我赔偿刘跟顺15万元，他只要了我3万元。

刘跟顺回老家时是春天，我送他，他给我留了联系电话。在车站，我和他拥抱，他说，多联系，这3万元，等我有能力了，我给你送回来。我知道，你也不容易……我的眼睛里瞬间有了泪雾。

刘跟顺回去后不久，给我打了电话，他说他用那3万元买了小牛小羊养。

从此，我不仅关心他，还关心他的牛羊。

老天有眼，刘跟顺的牛羊成长得很好。他常在夜里，和我讲那些可爱的小牛小羊。他说，到了年底，全部牛羊可以赚回1万元左右。

随着季节的变迁，秋天的时候，麻烦来了。刘跟顺告诉我，满山的草都黄了枯了，牛羊有消瘦的迹象。这样下去，到冬天，牛羊会更加消瘦。年底，这批牛羊会因为消瘦卖不好价。

我在网上查阅，找到一种可以种植的草种，便购买了给他寄去。不久，他高兴地打来电话说草长出来了，很绿。

我松了一口气。

每天一想到刘跟顺的牛羊和那绿绿的草，我就觉得生活是多彩的，人生是迷人的。

然而，冬天的时候，我打他的电话，打了两个月，都是停机。我有些焦急，担心他出了什么事。我决定去刘跟顺的家乡看望他。

我到刘跟顺的村庄时，已经是黄昏。有人对我说，找刘跟顺啊？坏事了，他像是傻了，整天呆坐在村北的山头——你去看看！

找到刘跟顺，我看见他一个人坐在一块大岩石上，目光幽幽地望着远方。我没看见他的牛羊，也没有看见他种的草，山坡上，到处都是枯的黄的。拍拍刘跟顺的肩膀，我问他，你的牛羊和绿草呢？

刘跟顺看见是我，两行泪从他的脸上流了下来。

他说，我们这里修高速公路，从高速公路动工的那天起，我的牛羊就被买断了，我不答应也不行。因为，我的牛羊都是未成年牛羊，肉嫩。我不想卖，半大的牛羊卖了不赚钱。可是，村主任来了，镇长来了，连县长也来了……我不得不卖啊！

我问他，那么，你的绿草呢？他说，开始我不答应卖牛羊，上头压得紧，我就和他们红脸了。他们说这些山头不是个人的，不是想种绿草就种绿草的。那些绿草就没了。

我问他，你现在一头牛羊都没有了吗？以后，怎么打算？

他说，等高速公路修完了，再重新养牛羊。现在，卖出去的牛羊钱，人家还拖着没有付。

他说，现在还有一头小牛和小羊，我带你去看它们。

跟着他，我在枯黄的山坳里，看见了他的小牛和小羊。我很奇怪，小牛和小羊戴着墨绿的眼镜，竟然津津有味地吃着枯黄的草。我问他，咋给这两个小家伙戴着眼镜？

刘跟顺就笑，他说，这是他的新发现，给小家伙戴上墨绿的眼镜，它们吃这枯黄的草也吃得香。等高速公路修好了，他再养，就用这个方法。

和刘跟顺站在高高的山顶上，我的心里充满了惆怅。从小牛的头上摘下墨绿的眼镜，我给自己戴上。瞬间，满天满地的枯黄都变成了萌动的绿……

在停电的缆车里

〇董玉洁

行驶着的空中缆车打尿惊似的一抖，停了下来，我们被悬在景区之上数十米高的空中。

前一辆缆车向我们喊过话来：“停电了，大家待在车里不要乱动，不要紧张，正设法启动备用电源！请向后面的缆车转告！”我们刚传喊出“停电了”，下一辆缆车里传来女人的哭叫和男人的咒骂。

我们缆车里坐着六条汉子，个个不哭不骂。大家先后站起来上下前后地查看清形势，又都一声不吭地回坐到各自原来的位置，一派泰山崩于前我自眼皮都不眨的英雄气概。

坐在对面中间的那个瘦小而活跃的年轻人把相机放在脚边，说：“傻待着干等？多没劲！本人提议每个人讲个笑话或者故事，只要好玩儿就行。”容不得别人有异议，他夹起第一只螃蟹：“有一个美国人、一个法国人、一个中国人走在沙漠里……”他讲了那则网上广为流传的捡魔瓶提愿望的故事，他让美国人操山东腔，让法国人操河南腔，让中国人讲英语，颇为生动。

接下来，那个胖如弥勒佛的半大老头儿双手互捏，指关节们依次欢快地响过，似乎自己先鼓了通小掌，他讲：“我讲个笑话，蛮好笑……”他讲了三年前姜昆在春节晚会上讲的那个此前已讲了五年的关于打错电话的笑话。老头儿讲得眉飞色舞，还不断地考问：“……你们猜接下来怎样？

你们怎么都猜不到……”我都不忍抬眼欣赏老人家的得意。

坐老头儿对面的高个儿中年人以八十年代初恋少年的羞涩结结巴巴地讲一个醉汉的故事，讲到一半他说后面的忘了，就此关上了嘴巴。

坐我右侧的大学生模样的小伙子半哈着腰，抚了抚厚重的眼镜，讲：“在欧洲战场上，一个士兵伏在战壕里，手里握着上膛的枪瞄向敌方阵地。这时候，敌方阵地上一个敌兵走到了阵地侧面的小树旁边，士兵正要扣动扳机，突然发现敌人放下了武器，松开了裤子撒起尿来。士兵松开了扣在扳机上的食指。士兵明白：一个真正的士兵是不能向一个没有拿枪、正在撒尿的敌人开枪的，这是不公正、不人道的！这可是有准确记载的史实，就发生在人文主义运动的策源地：欧洲，在二战中。”

坐我对面的中年男子上车后没说过一句话，此刻微蹙着一对浓眉，拧开手里的矿泉水瓶，一口未喝重又拧上，开言：“我接着你的讲：士兵，就是你那个公正而人道的士兵，一放下枪，对面阵地上一声枪响，他旁边正仰着脖子喝水的战友倒下了。第二天，一个传令兵刚直起腰，就被对面射来的子弹打死。没过多大会儿，你那个公正而人道的士兵刚露出脑袋，对面一颗子弹就射穿了他的头盔，算他小子命大，只擦破了点皮。你那个公正而人道的士兵抓起了枪，端起来，瞄向敌方阵地，瞄向小树。死死守候了两个钟头，那个撒尿的士兵到底还是出来了：又放下枪，又走到小树那儿，又松开了裤子……你那个公正而人道的士兵瞄着敌人的手咬着牙在心里骂：‘狗娘养的，快撸上裤子！’敌人撸上裤子。你那个公正而人道的士兵在心里骂：‘狗娘养的，快拿起你的枪！’敌人拿起了枪。你那个公正而人道的士兵毫不犹豫地扣下扳机，一颗、两颗、三颗……直到把所有的子弹都打光。敌人栽倒下去，枪还抱在怀里，裤子也没掉下来。你那个公正而人道的士兵收起枪，撕破了嗓子骂：‘狗娘养的！’这也是真的，也发生在欧洲，见《欧洲史》第665页。”

大学生愣愣地望着中年人，满脸惊诧。

我的目光从大学生脸上扫落到中年男子的眉宇间。

就剩我了。我刚准备开口讲一则美国人在中国的笑话，缆车又打了个尿惊，启动了。我闭上了嘴。谁都不再言语。

下了缆车，我们很快就挤散了。

到山脚时，感觉好像有谁盯着我，回头，是那位讲《欧洲史》的中年男子的一双浓眉。中年男子说：“看你的眼神，就知道你读过《欧洲史》。”

“《欧洲史》只有 664 页。”我冲他一笑。

他略舒浓眉报我一笑。

爱的小星星

〇鲁小莫

我大学毕业那年，因为一心扑在考研上，结果，研究生没考上，工作也没有着落。于是，我回到家乡的小城。

夏天快过去的时候，我听说附近一所职业高中曾招聘教师。虽然招聘期已过，我还是决定去试试。将个人资料递给校长的时候，我看见他的眼睛一亮。没过多久，我便收到这所学校的录用通知。

事后才知道，因为留用我，学校取消了另一位女孩的录用资格。这个消息是教导主任在午餐时说给我听的。他说的时候，语气有点意味深长。我微笑，心里却不以为然。公平竞争，优胜劣汰，这有什么好说的。

不过，我能理解教导主任的顾虑。他怕我不珍惜这份工作。确实，在我心里，这里不过是一个临时的跳板。

我教的科目是计算机。每天，我认真地备课，因为备课本是要定期收上去检查的。然后，夹着课本去上课。

每个教室有四五十个学生。学校采用半军事化管理，学生身着统一服装，坐得直直地看着我。我开始讲课。第一节课讲计算机的起源与发展，第二节课讲计算机的结构，然后是原理……当我讲到枯燥的“0”“1”代码时，我发现越来越多的学生趴在桌子上睡觉。

我喊起一个睡觉的学生。他揉揉眼睛，接着听讲。可没过多久，又昏昏欲睡。我知道多数同学还在认真地听，便不再管他，顾自讲着。在我看来，这群学生的境遇跟我差不多。这是一群没有考上高中的孩子，家长把他们送来，能抱多大希望？就是他们自己，也有些茫然吧。

只有在上机时，学生的热情才会空前高涨。可学校计算机资源有限，常常两个学生使用一台微机。

几个月下来，我能感觉出，学生学到的知识，实在有限。再想想，又不是我一个人的责任，便释然。

直到一天，我遇到那位女孩。就是被我淘汰下来的那位。下班的路上，我见她直直地向我走来，心里很奇怪。在这之前，我见过她。她几次去学校找校长，希望能被留下。但结果让她失望。我还记得那次我夹着课本从教室里出来时，她正好从校长室走出。我们一前一后走在走廊里，我一扭头，见她正看着我，眼神里有一种复杂的情绪。

我猜不出她找我的目的，便停下脚步，等她开口。

她的脸红了，说："你大概知道我的。我一直……很羡慕你。"

我觉得她口是心非，仍然不说话。

她仿佛看出我的心思，脸更红了，说："我本来是一名普通女工，业余自修计算机专业，今年正好专科毕业。去学校应聘后，听学校内部的人说，我被录用了。我从小的理想，就是当一名老师，我整整兴奋了一个夏天，天天等着录用通知。"

她仿佛嗓子发干，使劲地咽了一下。我静静地听。

她接着说："每天晚上，我都坐下来叠小星星。我想象着自己走上讲台，把这些小星星，奖励给学生。"

我这才注意到，她的手里，捧着一个纸盒，纸盒里装满五颜六色的小星星。我有些感动，认真地看看她。这是一个长相普通的女孩，眼睛不大，两颊有青春痘。

她将纸盒举过来，说："可是现在，我已经用不着了。再过几天，我要去另一家公司上班。这些小星星，送给你的学生吧。"纸盒塞进我手里，她转身走了。

我呆呆地看着她的背影。自负的我第一次意识到：学校将我顶替了她，其实是一个失误。

我抓起一把小星星端详，心里还有些疑惑：这些小星星，学生们会喜欢吗？那是一群十六七岁的孩子，他们并不像她想象的那样单纯。

出乎我意料的是，我把这盒小星星带到讲台上时，学生的眼睛一齐亮了。那一节课，学生的注意力空前集中。而我也受了感染。下课后，我找到校长，提出增加一批微机的建议。

我的建议很快被采纳，我索性将所有课程都在微机室讲。我三下五除二地将一台主机拆成一堆零件，举着CPU说："这是微机的大脑。"指着主板说："这是微机的身体……"课堂上，再也见不到一个睡觉的学生。

一年后，因为个人原因，我离开这所学校。走的时候，我没有跟任何人道别。可我心里，充满了伤感的留恋。

几年后，一次我走在一家办公楼里，忽然有人跟我打招呼，我觉得他很面熟，却一时想不起，便打着哈哈："啊，好久不见，你越来越年轻了。"

眼前的人脸一红，说："老师，你忘了我了，我是你的学生。"

这回轮到我的脸红了。我问他："你怎么在这里？"

"我在给这家公司调试电脑，我现在是××电脑公司的技术员。"

我有些惊喜，××公司是一家很有名的电脑公司，而他不过是一名职高毕业生啊。

他说："老师，我应该谢谢你，是你激发了我学习的兴趣。我已经通过计算机本科的全部课程。你曾奖励给我两颗小星星，我一直留着。同学们常常议论，说你是最有爱心的老师。刚上职高时，我们都有些心灰意冷，觉得不管是家长还是学校，不过在看着我们混张不大管用的文凭罢了。而只有你，才肯花那么多工夫为我们叠小星星，一直鼓励着我们……"

我微笑着听他说完，心里无比欣慰。与他握手道别，我没有告诉他，其实，我也像他一样，留有两颗小星星。我希望我能做那个女孩最好的学生。

新闻主播选拔

○张庆勇

东海电视台招聘新闻节目主持人一名，一时间报名的成群结队，经过层层筛选，最终暂定下两个人。一人叫葛刚，一人叫雷敬忠。两人被电视台安排在单位的宿舍楼里，两人住隔壁。台长给他俩出了个考题，叫《假如我是台长》。两天后做演讲，决定最终人选。

雷敬忠出生在农村，毕业于一所大学的中文系，前几天在网上看到了东海电视台要招聘主持人的消息，就乘车五百多里来参加竞聘。凭着自己扎实的文字和语言表达基本功，他由海选进入了最后关键的二选一阶段；但对手葛刚可是一流大学表演系毕业的高才生。雷敬忠心想，自己还真得有些独特本事才能胜出。

这天早餐时间，葛刚和雷敬忠坐在了一张饭桌上吃饭。葛刚向雷敬忠点头打招呼，说："雷敬忠，咱们虽然是棋逢对手，但我愿意与你结交成朋友，行吗?"

"好的，我们虽是对手，但我也愿意与你成为朋友。"说着，雷敬忠友好地伸出了手。

晚上，葛刚敲开了雷敬忠的门，手里拿着一瓶酒和几盘小菜。一阵寒暄，葛刚微笑着坐下来与雷敬忠对饮起来。葛刚频频劝酒，雷敬忠来者不拒，不知不觉就喝高了，最后竟一头栽倒在床上打起呼噜来。葛刚拿来枕头想给雷敬忠垫上，发现枕头下有几张纸，打开一看，是雷敬忠的讲演稿。葛刚看了一遍，吃惊不小。通篇文章观点鲜明，行文优美。自己写的与这阳春白雪一比，成了下里巴人。葛刚心惊肉跳，颤巍巍地拿了那篇文章回到自己房间里，找来笔和纸一字不漏抄了下来。原稿用打火机一点，化为灰烬。

第二天，雷敬忠起床后找稿子，发现稿子不翼而飞，急得直冒冷汗，只怨头天晚上喝得太多了，稿子也不知放哪里去了。幸亏内容已经烂熟于心，不然真要坏了大事。洗漱完毕，他来到电视台的会议室里。

台长见二人均已到场，让他们坐下，清清嗓子说："评委会的同志全到齐了，现在演讲开始，你们两个谁先讲？"

台长话音未落，葛刚"呼"地站起来："我来！"接下来就口若悬河地演讲起来。

雷敬忠听得目瞪口呆！天啊，葛刚演讲的内容全是自己写的，一字不差。他一下子明白了稿子遗失的原因……他恨不得马上揭露真相，可转念一想，没凭没据的，说出来谁会相信？弄不好会适得其反，落个嫉贤妒能的恶名。想到这里，雷敬忠只好强作冷静地听下去。

葛刚讲完了，台下响起了热烈的掌声。

雷敬忠心想，这下没戏了。可此刻总不能做缩头乌龟。开弓没有回头箭，不能让在座的几十号人笑掉大牙。雷敬忠一提劲，上了台，把葛刚刚才讲过的话又一字不差地复述了一遍。讲完了，台下掌声分贝明显弱了好多。

评委会的人陆续进了密室商议评判结果。台长没有进去，他分别与葛刚、雷敬忠握手，并与葛刚探讨有关电视台以后发展方向的问题。葛刚大概太紧张了，说话吞吞吐吐的，并不时地偷窥雷敬忠的脸色。

结果出来了，雷敬忠应聘成功！雷敬忠简直不敢相信自己的耳朵，他使劲掐了掐大腿——疼，不是做梦。

"为什么不是我？我的表现不比他差，况且他的演讲还是我的翻版。"

葛刚不服气，提出抗议。

评委会的一位资深主持人发话说：“你当然是个人才，但雷敬忠同学却是一个天才！他只听了一遍就能把你的演讲稿一字不漏全部背下来，这正是一个优秀新闻主播所需要的独特本事！”

此时，台长握住了雷敬忠的手，笑着说：“年轻人，很不错！你是凭着自己的独特本事才成功的。”

场上先是短暂的安静，接着响起热烈的掌声。

站在一旁的葛刚脸红得像猴腚，他在齐刷刷的掌声中灰溜溜地逃走了……

指数器

〇徐常愉

历经十年的精心研制，新一代指数器即将问世了。它具备了四大特点：操作简单、携带方便、服务周到、经久耐用。作为此项产品的研制者，我理所当然要第一个享受指数器所带来的新鲜刺激的生活。

清晨，我睁开朦胧的睡眼，不禁有些按捺不住内心的激动，因为从今天开始，我将率先进入“指数器时代”。我迫不及待地打开戴在手腕上的指数器的开关，指数器显示：室内空气纯净指数为“1”。

我吓了一跳，一个鲤鱼打挺跃起来，刚要穿衣服，只见指数器显示：此动作健康指数为“3”。我急忙捶了捶后背，捏了捏腰，揉了揉脖子。不过还好，幸亏没有什么地方不舒服。

我从衣柜里扯出一套运动衣，指数器显示：此服装舒适指数为“9”。我长长地舒了一口气，心情松弛了许多。瞅了瞅手腕上这个手表似的小仪器，不由得自言自语道，东西不大，服务确实周到呢！没想到指数器立刻显示：此话真实指数为“10”。

我刚走出门口，指数器显示：室外空气纯净指数为“8”。下面还有一行注释：轻微工业污染。

我开始晨跑，可是，刚跑了几步，指数器显示：健康指数为“4”。又有一行注释：空腹运动不益健康。

于是，我直奔早市，那里可以买到我每天早晨都要吃的油条和豆浆。

可是，我到了早市刚要买油条，指数器显示：此食品健康指数为“5”。后面同样一行小注释：油炸食品含有致癌物质。

我吓得急忙放下油条，不禁为自己吃了三十多年的油条而担心不已，说不定自己已经患上癌症了呢！心里暗作打算，吃完早餐得去医院检查一下。

看来我只能喝豆浆了，可是，当我走近卖豆浆的摊位时，指数器又显示：此食品卫生指数为“6.5”。

我急忙走开，心里还直恶心。

没办法，我只有自己做早餐了。我奔向菜市场。我拿起一个西红柿，指数器显示：此蔬菜污染指数为“4”。我又拿起两个鸡蛋，指数器显示：此食品激素指数为“6”。

我决定换一家菜市场。

可我刚迈进另一家菜市场的大门，指数器显示：此市场产品质量指数为“6”。我急忙转身走了出来。一番折腾，弄得我一点儿食欲也没有了。看看时间，八点多了。医院里的医生已经上班了，我不如先去医院检查身体。

我随手叫了一辆的士，不料指数器显示：乘此车危险指数为“4”。我急忙把已经伸进车内的一条腿收了回来。然后我迈开步子向医院走去。

我选择了本市最大的一家医院。没想到，我刚迈进医院的大门，指数器显示：疾病传染指数为“5”。我慌忙退出来，心想，别没病找病。

站在医院门口外，我的心里不禁有些沮丧，忙活了一大早晨，什么事也没办成，还弄得自己腰酸腿疼，肚子咕噜咕噜直叫。我瞅了瞅手腕上的指数器，一种厌烦感从心底油然而生。我把它从手腕上摘了下来。没想到，指数器立刻显示：此举丢失指数为“5”。

丢了也不可惜——捣蛋鬼！我有些生气。没想到指数器显示：此语言对我的伤害指数为“9”。

我气得禁不住笑了。

指数器显示：此表情难看指数为“10”。

我被激怒了，举起指数器要摔。

指数器显示：此举破产指数为“9.9”。

我突然想起，为了研制指数器我已经投入了全部的家当。

我急忙把指数器又轻轻地戴在了手腕上。

指数器显示：此举无奈指数为“10”。

不过，这一次我没有理会指数器。我径直朝广告公司走去，我要尽快把我的指数器变成金钱。尽管当我迈进广告公司的大门时，指数器显示：此举道德指数为“0”，我仍然未加理睬。

写在领导讲话稿后面的诗

〇赵长春

我越来越喜欢开会了。

虽然我不是领导。不是领导的人大多不喜欢开会。

我什么领导都不是，但我却越来越喜欢开会了。

这个习惯是从去年开始的，具体日期记不清了。那一天，大家都有些昏沉，我却正襟危坐，目光炯炯，执笔做记录状，脸上带着微笑。我知道，领导不一定能看到我的表情，但我坐得端正，领导应该能注意到。

可是他（或者她，女领导少）注意不到的是，我在他（或者她）的讲话稿背面写着诗。诗是语言的蒸馏水，我写得特别自得和舒畅，写得特别享受。所以，我抬头注目、微笑、支下巴等，其实是在构思或为自己的诗句得意。比如：走吧／趁领导讲话／咱们的心飘到田野里去；比如：立于秋风里／风表达衣角的形状／向着故乡的方向。

就是发现我在开会的时候有写诗的才能后，我才越来越喜欢开会的。

现在的会议都很正规，哪像当年毛主席在延安开会的那阵子，通讯员一吆喝，几大领导人就来到毛主席的窑洞前，在板凳或者砖头上就座。谁口渴了，抓起毛主席的茶缸咕咚咕咚就喝——现在的会议忒正规，对号入座，每人配有瓶装矿泉水（就不做广告了），每人有一个会议袋子，内装水笔、笔记本、领导讲话打印稿。稿子打印得特别齐整，A4 纸，正文仿宋小三号，标题二号黑体，领导姓名及日期为楷体小四号。领导念着，我们看着，拿笔画着，翻页时一片哗哗啦啦，刚好能惊醒几个睡觉的。

闲话少说，回归正题。开会时，我特别能写诗。就写在领导讲话稿的背面。那讲话稿单面打印，背面雪白，多好的纸啊！在我的眼里，它们是一片未开垦的肥沃的土地。组成一行行诗句，就是一粒粒种子，排列有序，意蕴连绵，意象生动，诗味芳香，远比另一面的字词有意思。

真的，这些诗基本上都发表了。实在怪得很，我写的竟然是诗？现在谁还看诗，谁还写诗，只有几家报刊在弄诗啊，所以我的诗能发表是个奇迹！或者从另一个角度说明，我写的确实是诗！

那实在是我心烦无聊时写在领导讲话稿背面的分行的话，只是为了打发时间，实在奇怪得很！

更奇怪的是，我专心致志，沐浴更衣，焚香静坐后，却搜索枯肠，写不出一句诗。老婆因为我挣了几十元稿费，很高兴，不让我洗衣做饭了，快挣稿费去！为我奉上香茶，铺开稿纸，打开空调，掩好房门。可我在这么好的写作环境里却写不出诗来。

所以，你应该理解我越来越喜欢开会的理由了吧？开会的时候，我会写诗，能写出好诗啊！

也只有开会的时候，写在领导的讲话稿背面，才不浪费了一页页雪白的纸张。我现在准备培养自己写小说的感觉，因为诗不值钱。小说值钱哪，要是再被哪个大导演看中，买断，一拍，火了，咱就成了大编剧了，一集十万二十万的——老婆鼓动我。

不瞒您说，现在这个就是刚才领导讲话时候写的。不是小诗，是小说，并且是小小说。

别急，小说就是从小小说开始的，嘿！

目　标

○宁　舶

建设大街，幸福路口，第一株梧桐树下。

高明站了老半天了。

很是闷热。街上行人稀少，商店老板们趁机集体打盹儿，像一只只大青蛙那样仰躺在各家的藤条睡椅上，随着嘴巴一张一合，他们裸着的肥厚肚皮一起一伏，很是“壮观”。

他不是来看半裸“青蛙”的。他的目标是美女，那些穿金戴银、衣着时尚的姑娘，当然，穿得越少越好，最好只披几小片布，隐藏不下她们的钱包、手机什么的。具体一点来说，他的目标是挂在她们肩上的包包。

目标不是没有，是很少，适合下手的更少。这不难理解，烈日底下挥汗如雨的基本上都是穷困百姓，有钱人都躲在空调房或车里呢。

高明暗暗地在心里给目标分类：大热天的在街上浪漫手牵手的一对对儿，全是“疯子”；为了省几块公交车费而单独走路的姑娘是“傻子”。“疯子”可不好惹，一旦实施抢劫，男的会跟他肉搏，女的则会又跳又叫地引来路人。他只能等待“傻子”的到来。幸福路口后边是几条四通八达的小巷，一旦抢劫成功，以他的速度，完全可以在寂静的午后在姑娘叫来路人或是那几只大“青蛙”醒来之前金蝉脱壳。

不知从哪儿来了一条脏兮兮的流浪狗，在他面前停下脚步，使劲地摇动尾巴，眼睛一会儿看看他的书包，一会儿看看他的脸色。

狗娘养的，滚！高明朝它就是一脚。老子书包里的家伙可不是能吃的。

它呜呜地低叫着，悻悻离去，小跑向一位姑娘。

高明的心扑通扑通地猛跳，右手迅速伸进书包里，在几把工具里寻摸到了剪刀。

那姑娘肩上挂着个小包，只顾着打电话，径直向路口走来。近了，还无意地看了高明一眼，这一眼，完全把高明当做一个普通的路人，毫无戒备，甚至还有一些真诚、清纯。

高明瞬间感觉晕眩。多像童珍的眼神啊，那样真诚，那样清纯。他追逐她好几年，她是愿意接受他，可她那有钱的父母嫌弃他家穷。年初，她和一个有钱有势的高干子弟结了婚。他开始厌恶有钱人，却又盼望变成有钱人。他知道自己的思想开始走极端，但他愿意赌它几年，有了钱后就收手。

高明抹了一把额上的汗水，决定勇敢地走出第一步——她像童珍，可她不是童珍啊——这么想着，他抓紧了剪刀，并警惕地看了看四周。

那几只大“青蛙”仍在睡。附近有一个人正朝他看过来呢。那人三十多岁，长得五大三粗，满脸横肉，也背着一个很大的包。

难道他是同行，也盯上她了？

靠。高明在心里骂着，也看他一眼，希望他能读懂自己的意思，别跟自己抢“生意”，毕竟这是第一次。

那男人也看着他，读不懂他的眼神，倒是那脸上的横肉使高明年轻的锐气慢慢蔫下去。但他还是没有放弃好不容易才等到的目标，继续看他。

等他回头，那姑娘已经走远。那男人向他走过来。

什么意思？嫌高明站在那里妨碍他抢劫？

学生吧？那洪钟般的声音彻底把高明的锐气和不服击散。

嗯，大哥。高明应着，心里却好笑，什么眼神哟，背个书包就是学生？老子两年前就被高考刷下来了。

你知道昨天城管大队长被谁打了一个耳光吗？那人又大声问。

不知道啊。

你知道前几天南区和东区的帮派在哪儿火并吗？又问。

我……不……不知道啊。

你知道前一段是谁在火车站把一个出租车司机捅了吗？又大声问。

高明想到了父母。他们都在一家很不景气的企业工作，下班后还帮人送煤球挣钱……

他的眼睛有些湿润，声音都变了：大哥，有话好好说，有什么您尽管吩咐。

那来份今天的《法制报》，狗日的，这份破报纸还真难卖呢！

辩解输球

○胡　爽

倒计时开始，离世界杯足球锦标赛还有365天；即日起，球队进入全面备战状态；全年热身赛程已定，目标瞄准世锦赛前三名。

屡战屡败的球队某主教练，每次都有充足的理由进行辩解。

1月某日：输球

这次不属于重大比赛，主要是考察队员、锻炼队伍，只看过程，不看结果。

2月某日：没赢

此地气温过低，天气太冷，队员很不适应这种变化了的环境和条件。再说，对方完全是借助了天时、地利、人和。

3月某日：告负

由于长途飞行，舟车劳顿，队员们尚未调整好时差和身体的疲累。

4月某日：惜败

该地草皮过厚，场地太软，又加阴雨天、潮气大、过于湿滑，是输球主要原因。

5月某日：遭重挫

队内伤、病惨重，几个主力没有随队参赛，技、战术没有充分按教练意图显示出来。

6 月某日：非常 1:6

此地生活保障很不到位，伙食不对胃口，营养跟不上，队员体力难免透支。

7 月某日：输得极难看

正值酷暑，天气炎热，温度过高，队员气喘吁吁，上气不接下气，怎能施展发挥?

8 月某日：落败

草皮太薄，场地明显太硬，不便于队员积极跑动、配合，那是没有办法的事。

9 月某日：完败

裁判明显偏袒对方，红、黄牌均太多地“关照”了我们，影响了队员们的心态、情绪，当然也就影响了成绩。

10 月某日：大败

赛事频繁，一月一赛，队员没有得以充分休息、调整，体力难以保障。

11 月某日：惨败

胜败乃兵家常事，失败是成功之母。输了球方可更好地发现问题、总结教训，知己知彼，以利再战。

12 月某日（世锦赛第一场）：0:7 输得一塌糊涂

其实我们队机会很多，很遗憾，没有把握住，运气不好，得势不得分，进攻不进球。比赛场上什么事情都可能发生，这就是足球。即使打不上名次，但也足以看出这支球队的希望所在，不久的将来，定会有惊人奇迹出现。

时间如流水，光阴似穿梭。不知不觉就是一年，尽管比赛成绩不尽如人意，通过诸多此类比赛，发现我的球队已是越来越成熟，越来越老练。

可惜呀，可惜，我的一年期合同届满，阿弥陀佛!

成功人士的硬币

〇大　兵

这天，我去一家公司面试。半路上，我发现自己的裤子口袋里有几枚硬币，走起路来当啷啷地响，我怕影响我的形象，给面试带来麻烦，就想把这些钱花掉。可是我想来想去，也想不起需要买什么东西，恰巧前面有一个双腿残疾的乞丐，我就把硬币全掏出来，随手丢进了他的碗里。

这时，突然不知道从哪里冒出来一男一女，男的扛着摄像机，女的拿着麦克风。两人拦住了我的去路，女的说："先生请留步！"一看这阵势，着实把我吓了一跳，半天都没反应过来。

男的把摄像机对着我，拍得很投入。女的跟我说："先生，是这样的。我们是市电视台的，我们策划了一期节目，想通过人们对待乞丐的态度，来测试一下当前社会的同情心指数。"

她的话让我陷入困惑，我不解地问："同情心还有指数？"

"是的。我们现在就是在统计，看每一百个人当中，会有多少人向乞丐施舍，施舍多少。您正好是从这名乞丐身边经过的第一百个人，也是施舍最多的一个，而且路过的一百个人中，只有五个人向这名乞丐伸出了援手，别的人一般只给一块钱，还有给五毛的，唯独您给了六块钱。所以，您当选了这期节目的慈善之星，我代表全市陷入困境的乞丐向您说声谢谢！下面就请您谈谈，为什么会给乞丐六块钱？您一定非常富裕吧？"

说到富裕，我更加不好意思了。我嗫嚅着说："我下岗了，穷得很！"

女记者笑了："您一定是不想透露身份。您能说说为什么一次给了六块钱吗？"

"我要去面试，这硬币装在身上当啷啷响，我怕面试官讨厌。"

女记者笑得更欢了："先生真是太幽默了！我猜您一定是位成功人士，觉得这位残疾兄弟很可怜，动了恻隐之心，就决定帮他一把的吧？"

我尴尬极了，红着脸说："没有，我没觉得他可怜，他这半天就讨了十来块钱，比我富裕多了。"

女记者笑得前仰后合，又问："先生，一百个人中，只有五个人向乞丐献了爱心，而您一个人给的钱比另外四个人的加起来还要多。能谈谈您对此事的看法吗？"

"没……没什么看法。面试要迟到了，我走了啊！"我刚转身要走，突然想起，这六块钱可是我一家人一天的菜钱，就回头跟记者说："我求你们，千万别让我在电视上露脸，要不然我老婆看到了，非扒了我的皮不可！"

女记者一把拉住我："低调而幽默的慈善先生，请等一下。您是我们这期的慈善之星，节目组为您准备了一份价值五百元的纪念品：××牌微波炉一台！"

这可太令我惊喜了，老婆想买微波炉想一年多了，可我实在买不起呀。这下好了，花六块钱就买了一个，还是名牌的。我二话不说，赶紧跟记者来到路边的小卖店，将他们事先放在那里的微波炉抱上，兴高采烈地去面试了。

虽然我的面试没有通过，但得了一台微波炉，倒也没觉得不开心，就趁早回家给每天上十多个小时班的老婆做饭了。

没想到的是，当天晚上，市电视台就把采访我的节目播出了。更没想到的是，社区的领导第二天就到我家，说我为社区争了光，奖励了两千块钱，还当场表态三天内给我安排好工作。昨天面试的那家公司也打来了电话，说没想到我还是这世界上的稀有动物，要让我去上班。我因为有了社区的安排，就婉拒了他们的盛情。

接下来发生的事更令人匪夷所思。我身边的人们身上都装满了零钱，遇到乞丐就给，还四处寻找，看有没有记者在场。一个星期后，我突然接到那位女记者打来的电话。她说，上次的节目播出后，反响极大，现在全市已经掀起了一股慈善的热潮。她还夸赞我说，如今像我这样的好心人不说是万里挑一，起码也是千里难寻了。现在正赶上市里开展“讲文明树新风”活动，市领导看了节目后，指示电视台联合当地的日报、晚报等几家媒体把我当成典型，重点宣传。

我很快就声名鹊起，不论干什么大家都愿意买我的账，报纸、电视台隔三差五还来对我做个访谈。之后的我顺风顺水，竟然真的就像女记者说的那样——成为一名成功人士了！

王文豪

○白　脸

上周五，胡老师布置了一项家庭作业，写一篇周记。

星期一，胡老师让同学们站起来读周记。有写拾金不昧的，有写师爱的，也有写母爱的，等等。胡老师一一点评并表示赞扬。

轮到王文豪了。王文豪战战兢兢地站起来，从书包里摸出一个本子，翻开一页，眼珠子往四周扫了一下，慢慢地念了起来。

“捉黄鳝。”声音很小，但老师和同学们都听见了。

“题目尚可，有童趣。”胡老师点评道。

“星期天，我和狗蛋、二娃子、草妹子去放鸭。我们把鸭子赶到田畈里，让草妹子看着，我和狗蛋、二娃子就去找黄鳝洞了。”

“文贵开门见山。这开头简明扼要，并且点明题意，不错！”胡老师微闭眼睛摇头晃脑道。

“我们在田埂边发现了一个黄鳝洞，洞口有堆白沫。我们断定，这洞里一定有条大黄鳝。狗蛋二话不说，就把洞口挖大，伸进一只脚捅了起来。”王文豪读得越来越流利。

“语句通顺，用词得当，好……”胡老师此时已完全闭上了眼睛，他的思绪好像也飞到了田畈里。

“一会儿，二娃子在三四步远的地方发现另一个洞口流出了浑水。也就是说，这两个洞口是相通的，那大黄鳝可能很快就会从那个洞口游出来。我和二娃子等在洞口，双手做好准备。只要那大黄鳝一游出来，我们就能把它捉住……”此时王文豪读得声情并茂，教室里鸦雀无声。

“可是，那边的狗蛋脚都捅酸了，这大黄鳝就是不出来。二娃子等不及了，要用手去摸。我说我来。我走下水田，把手伸进洞里。里面果然盘着一条大黄鳝。我叫了起来：我摸到了，摸到了，很大的一条！”

“有多大？”胡老师睁开了眼睛。

“我抓住黄鳝的脖子，”王文豪并不理会胡老师的问话，接着读下去，“一下就把它揪了出来。‘哇——’只听二娃子一声惨叫。我一细看，妈呀！”

“怎么回事？怎么回事？”同学们都瞪大了眼睛。

“我揪出来的，是一条蛇！”

“哇——”胡老师的声音比谁都响。

过了好一会儿，胡老师才回过神来。他大声赞扬道：“好文章，好文章。来来来，把你的本子给我，我给你修改一下，然后投给报社。”

听说要交作业本，王文豪一下子没有了刚才的神采飞扬，他又战战兢兢了。他慢腾腾地把手上的本子交给了胡老师。

胡老师接过本子一看，不由得呆住了，王文豪刚才捧读的竟是一本数学练习本。原来，这王文豪压根儿就没写家庭作业。

别抢我这种律师

○乙左左

和各种案件打交道打得多了，自己的防范心理就变得很强。每当自己走夜路时，常常担心会遇上打劫的。这天晚上，果然就给我遇上了。

“抢劫!”一个人从黑暗的巷口冲过来。

“啊?”我还来不及思索他接下来是不是会像电影台词一样很老套地说“把钱拿出来”之类的话。“把钱拿出来!”他就已经毫无创意地如此嚷嚷着。

“等等——”我故作镇定地拖长尾音，依旧双手插在裤兜里。他没有蒙着脸，但是估计他脖子上架着的东西有一半是假的，比如那撮小胡子，比如那浓密得过分的头发。此时，他额头上的汗珠和刀刃一起在微弱的路灯底下闪光，亮得有些异常。

“等个屁！快……把钱……拿出来，少……少跟我废话。”可能由于紧张，他说话有点接不上气。

“你第一次干这行当吧?”我望了一眼那刀柄，说道。

“你……你怎么知道?”他在惊讶之余还是不停地挥动手里的刀子。

“你刀柄上贴的标签都还没撕掉。”我看他的表情还是很惊讶，就继续猜测下去，“所以应该是刚买的。而且这附近的商店有两家，一家在离这里一公里左右的街上，而你不可能在那里买，所以你选择最近的那家，也就是这个巷子出去拐角不到二十米的地方。”

“啊?!”他继续惊讶下去，好奇地问道，“你怎么知道我不会在一公里远的地方买?”

“当然不可能！这么热的天气，这么晚，也没有车可以让你搭，你走，甚至可能跑一公里的路，你衣服上会几乎没有汗?”我知道我的猜测从一开始就最多只有一半的准确率，现在也是。但是我还是继续猜测下去，“对了，说到这件衣服，除了胸口以外其他地方都有些油渍，所以你应该是个修车的吧。”

他又露出惊讶的表情，嘴巴微张，似乎想说点什么。

我没等他开口说话，又继续说下去了：“当然了，附近是有一家汽车修理厂，但是他们的员工都有制服，你的这件衣服不是他们公司的，应该是你自己的，如果员工都穿着制服应该不会在自己的衣服上染上太多油渍的。所以，你应该是附近某个修车铺子里的，这里一共就只有三家修车铺，如果请警方排查一下，很容易找到你。”

他嘴巴越张越大，死死地瞪着我。

正在我开始稍微放松的时候，突然听到他大笑起来，当然他不敢笑得太大声，虽然现在已经是半夜，在这个不怎么繁华的小镇，人们也都睡得早，但是，声音太大，也有把他们吵醒的可能。

他一边笑一边说：“很精彩嘛，估计你推理小说看太多了。很好，你说的全对。但是我问你，如果我把你在这里杀了，你说谁会知道呢?”

“有谁会知道呢？你说?”他又重复了一遍。

“原本我只打算抢劫而已，但是你的小聪明，看样子要害你的命了。”说着他向我挪了一步……

“再等等！”我急忙把手机从裤兜里拿出来给他，“你看看。”

他笑了：“现在才拿出来？太晚了，既然你都可能已经知道我是谁了，我还能让你活着离开吗?”

“不是，你看看。”我也笑着说道，“我手机已经在一开始就拨出去电话了，是我家里的电话，现在家里没人，但是电话答录机已经录下了我们所有的对话，包括我的那些小推理。我老婆半小时后就会回到家，她如果见我没在家，肯定会打我手机，当然，在这之前，会先听到电话答录机里的留言。你说接下去她会怎么做?”我得意地看了看他又重新开始流汗的脸。

我又继续说：“放心，我不会报案的。”

他更惊讶地问：“为什么？你什么意思？你的意思是我放你走你就不报案?”

“当然不会，但是要看我能不能在半小时内到家，不然被我妻子知道了，我就不能保证她不会报案了。”我看见他紧握刀子的手，开始松软下来，而且有点颤抖。

我接下去说：“当然，我得处理掉电话里录有我们对话的磁带嘛。我想想怎么处理呢，是不是有人会想要买这盘磁带?”我暗示性地看他一眼后，仰着头，假装思索起来。

“给我，给我！你开价吧，要多少钱?”他紧张地把钱包拿出来，掏出几张百元钞票。我把钱和刀子顺手接了过来：“就这么多吧，留一个地址给我，我明天寄给你。”留完地址，他就匆匆跑开了。

我舒了一口气，把刀子扔进垃圾桶里。一边走出巷子，一边想：那位可爱的劫匪，有固定的工作，应该也是急着用钱才出来干这行当的吧。但是，我也急着用钱，这年头，谁不急着用钱?

走到巷口看见天上有一颗流星划过，我赶紧双手合十，许愿：我希望今年能找到愿意和我结婚的女人。对了，如果她还能带给我一个有答录功能的电话机就更完美了。

第七重天堂

○许　仙

人世间是上帝检测人性的仪器，上帝根据每个人人性的复杂程度，决定对他的检测时间，所以有的人在人世间经历的时间很短暂，有的人则很漫长；而所谓的某人已寿终正寝，便是上帝的检测到此结束。上帝将根据检测结果，对被测者的灵魂进行最后的审判：好人被请入天堂，享尽荣华富贵；坏人则打入地狱，永世不得翻身。

乔治是个好人，一生做尽了善事，他在人世间经历了八十六年，无疾而终。乔治灵魂出窍时，天空有万道金光直射到他的身上，他看到自己的灵魂是透明的。在一片欢乐颂中，有几位小天使从天而降，来迎接他升天。乔治惊喜万分，感谢上帝，我真的能进入天堂吗？天使们说，我们就是奉上帝的旨意来接你上天堂的。于是乔治就随着天使们飞向天堂。在飞翔的过程中，乔治注意到许多同样被请入天堂的好人，开始时大家聚在一起，但随着天堂的层层深入，他们一批批地少了下去。他悄悄地问身边的天使，这是怎么回事。天使笑道，天分九重，所以天堂也分九重，那些人只能进入前面的天堂，就留在前面的天堂了；要知道上帝是根据每个人在人世间行善积德的业绩分，将他们分到不同的天堂的。乔治小心地询问道，那我能入第几重天堂？天使说，第七重天堂，这已经是很高的修为了。真的？乔治大喜道。天使说，我骗你做什么？你的上面就剩下二重天堂了，那是很少有人进去的；尤其是第九重天堂，至今还空着呢。

天使将乔治带到第七重天堂的门口，请他耐心等待，他们就忙自己的事情去了。乔治排了半天队，才听到门神喊自己的名字，并为他打开了天门。乔治迈过门槛，被眼前的情景吓了一跳：第七重天堂无限辽阔，无数的天神朝着他的方向围坐着，面目慈祥地凝视着他。乔治还注意到，前排的众神都有些面熟，他好像在哪儿见过似的。正当乔治面对着众神发呆时，众神之首的大力神推着一只金光四射的百宝箱过来了。他来到乔治的跟前，亲切地问候乔治，欢迎他的到来。他说乔治先生，请伸出你的左手，手心向下，放在我的右手上。乔治将左手放到大力神的右手上。大力神继续说道，乔治先生，现在你已经得到了上帝特许的恩典，你可以为自己许一个愿，你的愿望将得以实现。现在我问你，你是想要青春？美貌？权力？金钱？长寿？世上最美丽的姑娘？还是这只百宝箱里所特有的荣华？你只能选择一样，请挑吧。

一时间乔治也不知道挑哪一样好，思绪就像西班牙的风车飞速地旋转着：青春是人生最华丽的乐章，拥有青春当然好了；但是拥有了美貌，那将意味着什么呢？乔治想还是要美貌吧。但是权力的法码绝对重于青春和美貌。权力做得到的事情，金钱也做得到；而权力做不到的事情，金钱同样能够做到。不过，金钱能让人长寿吗？不能。其实做人光是长寿有什么意思呢？关键是快乐。男人最大的快乐，莫过于拥有世上最美丽的姑娘了！可是……可是百宝箱里会是什么呢？大力神说是特有的荣华，肯定不是前面提到的这些东西，但乔治还真的想不出来，有什么东西称得上是上帝给予的特有荣华？还是挑一样自己所熟悉的吧，比如权力或女色？但他这么一想，众神像是看穿了他的心思，一个个板着脸，严肃认真地瞪着他；乔治心里就慌了，他又扭头看了看百宝箱，众神就微笑地望着他，但谁也没有开口，保持着绝对的沉默，第七重天堂里安静极了。乔治心想众神是不是在暗示我，让我得到上帝最好的奖赏呢？他犹豫再三，最终选择了百宝箱里的特有荣华。

百宝箱打开了，乔治得到了上帝的天谕：册封乔治为天神。大力神刚宣读完上帝的天谕，最前排的第一个位置上，就冒出一把金椅子来。大力神请乔治上座。乔治坐下后，他才发觉身边的几位天神，就是刚才在天堂门口排在他前面的那几位仁兄，原来他们也和他一样做了天神。乔治又东张西望，他继而发觉第七重天堂的众神，多他一个也不见得多，少他一个也不见得少，因为天堂是无限辽阔的。大力神推走了百宝箱，门神开始喊下一位，罗伯特先生，请进！

乔治怀着无比复杂的心情，期待着看到罗伯特也成为一位天神；他想在第七重天堂的每一位天神，都怀着他同样的想法。

红　豆

○朱　云

我试图将关于王维的片段一点一滴融合起来，成为一个完美的故事，但我的脑中只有他温和的脸以及我作为大唐公主所惯有的矜持。手心里刻着我名字的那颗红豆已经被我握得温润，它们带着古旧的光泽。

很多年前那个明媚的春日，我在二哥的府邸第一次见到了他。当众多的门客与二哥滔滔不绝纵论四海的时候，唯有他沉默不语，温柔恬静地望着窗外，像极了四哥养的鸽子。

我望着他，忘记了公主的矜持与尊贵，心想这样的人应该是如何的超凡脱俗。直到他随着众人拱手辞去，而我也登上了马车。

残阳如血。

我不爱听二哥讲述他的那些治国方略和雄才大志，也不爱听他抱怨那个叫王维的年轻人如何有混饭吃的嫌疑。我只爱听王维念诗，他将他的才情与抱负写进诗里，念者舒心听者悦。

二哥常说我和王维的性格应该掉个个儿，我整天拿着剑像男子一样到处闯，而王维却安静地握着笔书写女子样的细腻。只有我和王维彼此清楚，我的调皮任性刚韧的外表下，内心也拥有着女子的柔情；他的柔弱谦和的外表下，内心也同样包裹着侠骨剑气。

我们，相视而笑。

我对王维说：“你走吧，这儿不是你待的地方。”王维没有说话，只是抬起头，怔怔地看了我一会儿。

三天后，他真的走了，连道别的话都没有对我说。不久，他托人送了我一样东西—— 一颗红豆，上面刻着我的名字。

偶尔，我会想起他。望着身旁熟悉而又陌生的脸，我会攥着红豆直到手心沁出汗水。时而我会想象他将如何面对世俗，面对生活；时而我会想象，他正披散着长发，坐在竹林中弹琴复长啸。风卷衣袍，他清瘦而潇洒……

我想，我懂他。

我想问他，无数个静夜在你的春山，是否总有迷途的鸟儿鸣在你的春涧。我想问他，草儿枯了，可明年还会绿的。你走了，有一天，你会突然出现在我面前吗？我想问他，桂生广寒，秋露乍上，你是否衣衫依旧单薄，但又心怯空房，不忍回家。我想问他，泉咽危石，日冷青松，寒著梅花，你能否闻到那阵阵幽香，你能否见到那素淡背后的春色满园……

我握着红豆，用手心感觉他的温度。

有一天，门房送来一封信，洁白的信笺上，只有一行诗：

行到水穷处，坐看云起时。

我知道，他终于又回来了。

我快步走到门前，打开厚重的府门，落日的余晖射进来，他就站在霞光里。他的脸，仍旧俊朗，明眸皓齿，嘴角微微上扬。我试图像当年的那个孩子一样步履轻快地奔过去，轻轻攀住他的衣袖，引他进来看园中盛开的金菊，然而我发现，我已经不是当年的那个孩子了。

“公主，你好吗？”

“还好。”我仰起脸，微笑，“你回长安了？”

我早已不拿剑了，不知道他还弹琴吗，很久没听他唱歌了。我需要帮母亲处理太多的政务，我还要小心谨慎地应付大明宫中各种错综复杂的关系，我还要忘记失败的婚姻带给我的痛苦和煎熬，还要忍受无数个漫漫长夜的寂寞和凄凉。我太累了。

我告诉王维，我的红豆丢了。

他抬起头，说："会找到的。"

残阳如血。

他在熟悉的地方与我告别。

"留下来帮我吧！"

"我不适合这儿——你说过的。"

我傍着他，没有说话。

他从怀里掏出一个绢包，递给我："红豆找到了，在御花园里，很巧，被我碰见。"

只有王维，能在我最落寞的时候带给我一丝丝的惊喜。我笑了，望着他的背影走在夕阳的光里。

红豆生南国，春来发几枝。

愿君多采撷，此物最相思。

多年之后的某一天，一个小宫女失手打翻了我的妆奁，我在珍珠翡翠之中见到了质朴的红豆，被我遗忘在凡尘中的红豆。这种东西已成为时下男女流行的定情信物，我握着那颗红豆和诗帕，脑子里却没有想到爱情。

斯人已去。

我不知道是否应该将这种情感归结为爱情，但我不想把它归结为爱情。我想，王维也不想。

我只是单纯地想听他念诗弹琴。

很多很多年之后，一个叫林夕的词人写了一首《红豆》：

……还没好好地感受，醒着亲吻的温柔，可能在我左右，你才追求，孤独的自由……可是我，有时候，宁愿选择留恋不放手，等到风景都看透，也许你会陪我看细水长流……

我潸然泪下。

领　路

〇游　睿

天有些寒冷，女人站在街头不停跺着脚。远处，一个佝偻的身影正走过来。女人看见，那是一个头发花白满脸皱纹的老太婆，虽然上了年龄，但她的步子却显得有些匆忙，脸色十分凝重。

妈，我的新手机呢？女人回过头，看见儿子正小跑到自己跟前。女人笑了笑，顺便抚摩了一下儿子的头，然后拿出手机说，你看，妈不是给你送来了吗？

怎么这么难看？儿子接过手机，马上一脸的不高兴。儿子说，我不是给你说了嘛，要新款的，这种老款早就淘汰了，你看看还有谁用啊？

女人又笑了笑说，妈今天一大早就去给你买了，这就是最新的。

你撒谎！儿子有些生气了，你不会多去几个地方看看啊？

女人说，好好好，是妈不对。你看，妈不是工作忙嘛，所以才没时间去仔细逛。

你把我当什么了？找借口？儿子突然提高音量说，下午给我送只新的来，这只我帮你扔了。说完，儿子一挥手，那只手机在空中划了一道漂亮的弧线。

女人依旧带着微笑，她看见儿子转身跑开了。接着女人马上沿着刚才儿子抛出的弧线去找被扔出去的手机。

女人很快就看见，手机被一只布满老趼的手捡了起来。就是刚才从远处走过来的那个老太婆。老太婆捡起手机，似乎没有看见女人，依旧迈着蹒跚而匆忙的脚步往前走。

女人急了，连忙小跑到老太婆面前说，大妈，那手机是我的。老太婆停住脚步望了女人一眼，说，我知道是你的，被扔了，还要？女人说，我怎么会不要呢？小孩子不懂事扔了，我可舍不得，那是我一个月的工资呢。你既然知道，就还给我吧。

老太婆皱了一下布满皱纹的额头说，我可以还给你，但你得答应我一个条件。

什么条件？

我现在要去一个地方，可是我不知道怎么走，你就帮我带带路吧！老太婆颤抖着扯出一张纸，认真看了看说，药王路23号。

女人在这座城市待了多年，城市里的大街小巷她都了如指掌。女人知道药王路并不远，女人依稀记得药王路23号好像是个什么单位的地址，但究竟是个什么单位，女人却想不起。为了拿回手机，女人立即答应了。

女人走前面，老太婆走后面。女人回过头，看见老太婆蹒跚的样子，就忍不住停下。女人扶着老太婆，老太婆感激地看了她一眼。

你走这么急，有事？女人问。嗯，有事。老太婆依旧步子匆忙。走了几步之后，老太婆突然问，你就一个儿子吧？

女人点点头，奇怪地看了看老太婆说，那小子正读高中呢，成绩老提不上去。

老太婆说，哦。

接着两人都不再说话。

走了一段之后，老太婆突然放慢了脚步，最后她静静地站住了脚，一动不动地看着前方。女人看了看老太婆，顺着老太婆的目光，女人看到前方停放着一辆警车，车门打开着，一个年轻人被几名警察押了上去。年轻人挣了几下，但被警察按住了。警车呼啸着走远。尽管车已经走远，但老太婆依旧一动不动地看着。

你怎么哭了？女人发现老太婆竟然泪流满面。

看到了吧？老太婆用低沉的声音说，刚才警察带走的年轻人是我儿子，我就这么一个儿子，所以从小我就惯着他宠着他。但是今天，他被判了刑，是死刑，我是来见他最后一面的。

啊！女人脸上顿时有了惊讶的表情。

老太婆拿出手机，递给了女人说，现在可以还给你了。

你不是要我带你去药王路 23 号吗？现在就还给我？

老太婆指着前方铁门上醒目的“监狱”两个字说，我早知道。这里就是药王路 23 号，我来这里好多趟了。

是的，药王路 23 号就是监狱，可是你既然知道，还要我带路？女人一脸不解。

我是担心啊，担心你不知道这里！老太婆说完，转身，蹒跚着走了。

女人站在监狱门前，愣了。